KJB

€ 3,- AS
W (4)

Tanya Stewner wurde 1974 im Bergischen Land geboren und begann bereits mit zehn Jahren, Geschichten zu schreiben. Sie studierte in Düsseldorf, Wuppertal und London und widmet sich inzwischen ganz der Schriftstellerei. Die Autorin lebt mit ihrem Mann und ihrer Tochter in Düsseldorf.
Ihre Trilogie über die Elfe Hummelbi hat unzählige Fans, und ihre Kinderbuchserie über die Tier-Dolmetscherin Liliane Susewind ist ein Welterfolg, der auch fürs Kino verfilmt wurde.

Eva Schöffmann-Davidov, Jahrgang 1973, gehört zu den renommiertesten Kinder- und Jugendbuchillustratoren Deutschlands und wurde vielfach preisgekrönt. Als Fachhochschuldozentin gab sie ihr Wissen an junge Künstler weiter. Heute illustriert sie unter anderem Werke von Bestsellerautoren wie Kerstin Gier oder Tanya Stewner. Sie lebt mit ihrer Familie in Augsburg.

Mehr Informationen, viele Spiele und Rätsel rund um ›Liliane Susewind‹ und ihre Abenteuer gibt es hier:
www.liliane-susewind.de

Weitere Informationen zum Kinder- und Jugendbuchprogramm der S. Fischer Verlage finden sich auf
www.fischerverlage.de

Tanya Stewner

Liliane Susewind

Ein Seehund taucht ab

Mit Illustrationen von
Eva Schöffmann-Davidov

KJB

Von ›Liliane Susewind‹ sind in dieser Reihenfolge bisher erschienen und auch als Hörbuch im Handel erhältlich:

›Liliane Susewind – Mit Elefanten spricht man nicht!‹
›Liliane Susewind – Tiger küssen keine Löwen‹
›Liliane Susewind – Delphine in Seenot‹
›Liliane Susewind – Schimpansen macht man nicht zum Affen‹
›Liliane Susewind – So springt man nicht mit Pferden um‹
›Liliane Susewind – Ein Panda ist kein Känguru‹
›Liliane Susewind – Rückt dem Wolf nicht auf den Pelz‹
›Liliane Susewind – Ein kleines Reh allein im Schnee‹
›Liliane Susewind – Ein Pinguin will hoch hinaus‹
›Liliane Susewind – Eine Eule steckt den Kopf nicht in den Sand‹
›Liliane Susewind – Ein Eisbär kriegt keine kalten Füße‹
›Liliane Susewind – Giraffen übersieht man nicht‹
›Liliane Susewind – Ein Seehund taucht ab‹
›Liliane Susewind – Ein tierisches Abenteuer. Das Buch zum Film‹
Sonderband mit farbigen Bildern:
›Liliane Susewind – Mit Freunden ist man nie allein‹

MIX
Papier aus verantwortungsvollen Quellen
FSC® C083411
FSC
www.fsc.org

Erschienen bei FISCHER KJB

Autorin: Tanya Stewner
Umschlaggestaltung: MT Vreden, Vreden,
unter Verwendung einer Illustration von Eva Schöffmann-Davidov
Satz: Pinkuin Satz und Datentechnik, Berlin
Druck und Bindung: CPI books GmbH, Leck
Printed in Germany
ISBN 978-3-7373-4164-6

Für meine Tochter – M.

Inhalt

Graf Dracula

»Schnell, Lilli!«, rief Herr Susewind und hob den großen Koffer in den Waggon. »Der Zug fährt gleich ab!«

Liliane Susewind, genannt Lilli, nahm ihren Hund Bonsai auf den Arm und kletterte ihrem Vater nach.

Ihre Oma Leonora war gleich hinter ihr. »Wenn Regina nicht so lange telefoniert hätte, müssten wir jetzt nicht so hetzen!«, beschwerte sie sich.

Lillis Mutter Regina, die ebenfalls gerade einstieg, verteidigte sich. »Ich musste vor unserem

Urlaub noch ein paar wichtige Dinge mit der Arbeit klären! Außerdem haben wir den Zug doch noch erwischt, oder etwa nicht?«

Lilli setzte Bonsai ab und streckte den Kopf zur Tür heraus. »Wir sind noch nicht alle drin …« Sie hielt nach ihrem besten Freund Jesahja Sturmwagner Ausschau, der zusammen mit ihnen die Pfingstferienwoche an der Nordsee verbringen würde. Da entdeckte sie ihn! Jesahja drängelte sich durch das Gewusel am Bahnsteig und versuchte, so schnell wie möglich zum Zug zu kommen. Allerdings wurde er von einer orangegetigerten Katze aufgehalten, die er an einer Leine hinter sich herzog. Die Katze, die Lilli gut kannte und die den vornehmen Namen Frau von Schmidt trug, sträubte sich heftig und schien keinen Schritt weitergehen zu wollen. Jetzt hörte Lilli ihre durchdringende Stimme inmitten des Bahnhofsgemurmels.

»Das ist einfach ungeheuerlich!«, zeterte die Katze. »Zuerst legen Sie mich in Ketten, und dann ziehen Sie mich auch noch durch die Gegend! Das ist eine unermesslich unverschämte Unverschämtheit!«

Lilli konnte das zornige Miauen genau ver-

stehen, denn sie hatte eine besondere Gabe: Sie konnte mit Tieren sprechen.

Da erklang die Pfeife der Zugbegleiterin. Der Zug fuhr jeden Moment ab!

Jesahja nahm Frau von Schmidt hoch und sprintete zu Lilli und ihrer Familie. Er schaffte es gerade noch, die Stufen hinaufzuhasten, bevor sich die Zugtür hinter ihm schloss.

»Puh, das war knapp«, ächzte Jesahja und wischte sich mit dem Ärmel über die Stirn.

»Welch unfassbare Schmach ist mir widerfahren!«, jammerte Frau von Schmidt auf seinem Arm. »Wie können Sie es wagen, mich derart grob am Schopf zu packen? Zuerst die Fessel, und dann das! Ich bin eine Schnurrdame von Welt – und Ihr Betragen ist eine himmelschreiende Unfassbarkeit!«

»Bitte beruhigen Sie sich, Madame«, sagte Lilli mit leiser Stimme zu der Katze. »Die Leine war meine Idee, nicht Jesahjas. Ich dachte, Sie möchten bestimmt nicht in einer Transportbox reisen – darin fühlen Sie sich doch immer sehr eingezwängt, nicht wahr?« Lilli ließ der verwunderten Katze gar keine Zeit zum Antworten, sondern sprach gleich weiter.

»Wir wollten Sie gern in aller Freiheit mit uns reisen lassen, aber zwischen den vielen Leuten am Bahnsteig hätten Sie schnell verloren gehen können. Deswegen dachte ich, dass die Leine eine gute Lösung wäre. Selbstverständlich nehmen wir sie jetzt wieder ab.« Lilli, die den noblen Sprachstil der Katze mittlerweile ziemlich gut nachmachen konnte, entfernte die Leine.

Frau von Schmidt schien nun schon etwas weniger aufgebracht. Ihre wütend zurückgelegten Ohren klappten wieder nach vorn. »Nun ja, die Transportbox schätze ich wahrlich nicht«, räumte sie ein und seufzte. »Zwar hat das Ganze meine sensiblen Nerven arg strapaziert, aber da ich von Natur aus zur Großherzigkeit neige, werde ich meinem Hausmännchen vergeben.« Mit »Hausmännchen« war Jesahja gemeint, denn Frau von Schmidt wohnte bei der Familie Sturmwagner. »Ich werde nun also zu meiner üblichen feurigen Fröhlichkeit zurückkehren und mich ein wenig umsehen.« Damit stolzierte sie Richtung Großraumwagen.

»Schmidti!«, kläffte Bonsai, der neben Lillis Füßen stand. »Warte mal! Ich will auch mitkommen und rumschnüffeln!« Er zog an seiner Leine, und Lilli machte ihn ebenfalls los.

Gleichzeitig bat sie die Tiere jedoch: »Gehen wir doch erst mal zusammen zu unseren reservierten Plätzen. Und wenn wir uns da hingesetzt haben, wäre es eigentlich super, wenn ihr unter den Sitzen bleiben und schlafen würdet.«

Frau von Schmidts Kopf fuhr herum. »Selbstverständlich schlafe ich immer nur genau dann, wenn es mir gerade passt!«

»Natürlich«, erwiderte Lilli, denn sie wusste, dass man Frau von Schmidt zu nichts zwingen konnte. Deswegen hatte sie sich vorbereitet. »Ich habe ein extra wuscheliges Wollknäuel dabei – für den Fall, dass Sie nicht zu schlafen wünschen. Vielleicht möchten Sie auf meinem Schoß damit spielen?«

Die Katze stutzte. Wollknäuel waren für sie unwiderstehlich. »Nun ja, eventuell wäre das denkbar ...«

»Dabei könnten Sie Ihre feurige Fröhlichkeit so richtig ausleben«, setzte Lilli noch einen drauf.

Jesahja, der ja nur verstand, was Lilli sagte, lachte in sich hinein.

»Suchen wir doch mal unsere Plätze«, schlug Lillis Mutter vor und betrat mit den Tickets in der Hand den Waggon.

Ihre Sitzplätze waren rasch gefunden, und sobald Lilli sich hingesetzt hatte, sprang Frau von Schmidt schon auf ihren Schoß. »Wo ist das Wollknäuel? Holen Sie es heraus, und dann lassen Sie den Faden tanzen, und ich hasche danach, ja? Oh, das wird zauberhaft!«

Lilli hatte sich noch nicht einmal die Jacke ausgezogen. Trotzdem holte sie als Erstes das Wollknäuel aus ihrem Rucksack und ließ den Faden in der Luft baumeln. Die Katze schnappte danach und schnurrte vor Vergnügen. »Sensationell! Noch mal!«

Bonsai trippelte derweil den Gang hinunter. Lilli hoffte, dass er keinen Unsinn anstellen würde. Interessiert blickte sich der kleine weiße Hund um und blieb vor einem älteren Mann stehen. »Tagchen!«, hechelte er. »Hast du Lust, mich zu streicheln? Hundestreicheln macht glücklich!«

Der Mann verstand natürlich kein Wort und schaute ihn nur fragend an.

»Eher nicht?« Bonsai legte den Kopf schief.

»Oder vielleicht möglicherweise doch? Ein ganz klein bisschen willst du es auch, oder?«

Verwundert schaute sich der Mann nach dem Herrchen oder Frauchen des zotteligen Fellballs um. Lilli winkte ihm zaghaft. Der Mann bekam große Augen, als er die Katze auf Lillis Schoß entdeckte. Nach Fäden haschende Samtpfoten sah man wohl nicht alle Tage im Schnellzug.

Plötzlich tauchte hinter Bonsai ein anderer Hund im Gang auf! Lilli erschrak, denn es war ein großer schwarzer Rottweiler mit ungewöhnlich langen, vorstehenden Eckzähnen, die an einen Vampir erinnerten und ein bisschen unheimlich aussahen.

»Ey du!«, knurrte der Hund Bonsai an. »Was bist du denn für 'ne Knalltüte? Das ist mein Revier! Wenn hier einer gestreichelt wird, dann bin ich das!«

Bonsai zuckte zusammen. Aber nur ein klitzekleines bisschen. »Ganz ruhig, Kollege«, wuffte er. »Wie wäre es, wenn wir uns vertragen würden? Ich bin voll nett!«

»Du bist voll klein!«, blaffte der Rottweiler. »Und ich bin voll groß!«

Bonsai sprach einfach weiter. »Weißt du, ich

bin ein richtig cooler Kerl, und richtige Kerle brauchen eben viele Streicheleinheiten. Das verstehst du bestimmt. Ich bin dann mal wieder weg!«

»Bonsai!«, rief Lilli mit halblauter Stimme. »Komm her!«

Doch ihr Hund tippelte schon zum nächsten Fahrgast und hechelte ihn schwanzwedelnd an. »Kuckuck! Ich bin voll süß, oder? Also cool-süß. Wahrscheinlich kannst du gar nicht anders, als mich zu streicheln, stimmt's?«

Der junge Mann, den er so charmant angehechelt hatte, begann tatsächlich, ihn zwischen den Ohren zu kraulen.

Das fand der Rottweiler allerdings gar nicht lustig. »Ich hab gesagt, dass das mein Revier ist! Und deswegen krieg *ich* auch alle Streicheleinheiten hier!« Er bellte jetzt richtig, und andere Fahrgäste wurden auf die beiden Hunde aufmerksam.

Lillis Mutter streckte den Kopf in den Gang. »Lilli!«, zischte sie ihrer Tochter zu. »Hol Bonsai zurück!«

Lilli rief ihn noch einmal, aber sie wurde von dem Rottweiler übertönt.

»Du bist 'ne Knalltüte!«, kläffte der. »Und voll klein! 'ne voll kleine Knallkleintüte!«

Da sprang Frau von Schmidt von Lillis Schoß. Zwar waren Hundisch und Katzisch sehr verschiedene Sprachen, und sie hatte den Rottweiler bestimmt nicht verstanden. Aber wenn Bonsai derartig angeschrien wurde, schritt eine Schnurrdame von Format wohl unweigerlich zur Tat.

»Ruhe jetzt, Sie schrecklicher Schreihals!«, fauchte sie den großen Hund an. »Wenn Sie es wagen, Herrn von Bonsai auch nur ein Haar zu krümmen, wird Sie der glühende Sturm meiner Entrüstung treffen!«

Verdutzt starrte der Rottweiler die Katze an. »Boah! 'ne Schnurr-Trulla!«, fing er wieder an zu bellen. »Mitten in meinem Wagen! Jetzt reicht's aber!« Drohend senkte er den Kopf.

Lilli eilte zu den drei Tieren. »Ganz ruhig!«, flüsterte sie. Sie wollte eigentlich nicht noch mehr auffallen, denn es beobachteten sie schon genügend Leute. Aber es half nichts. Sie würde vor den anderen Fahrgästen mit dem Rottweiler reden müssen. »Bitte flipp nicht aus!«, bat sie und kniete sich neben ihn.

Irritiert schaute der schwarze Hund sie an. »Wer bist du denn? Bist du etwa auch so eine Knalltüte wie die Kleintüte? Wieso hast du 'ne Hose an?«

»Ich –«

»Das ist voll schräg!«

Lilli musste lächeln. Wenn Tiere sie zum ersten Mal sahen, hielten sie sie oft für eine von ihnen, und dieser Rottweiler dachte offenbar, sie sei ein Hund mit Hose.

»Jetzt denk mal richtig nach, du Schnellmerker!«, schnuffte Bonsai. »Was könnte sie sein?«

Der Rottweiler musterte Lilli von oben bis unten. »Sie hat nicht nur 'ne Hose an, sondern auch 'n Pulli!«, stellte er fest. »Und Schuhe!« Sein Blick blieb an Lillis Turnschuhen hängen. »Die sehen lecker aus ...« Sein Schwanz wedelte leicht. Dann stockte er. »Aber ... wo sind deine anderen beiden Beine? Ohne die musst du ja immer auf den Hinterbeinen rumlaufen! Das ist doch bekloppt! Warum machst du so was?«

Bonsai lachte ein Hundelachen. »Sie ist gar kein Hund!«

»Ich bin ein Menschenmädchen!«, klärte Lilli den Rottweiler auf.

»Nee … echt jetzt?« Der Hund ließ sich auf sein Hinterteil plumpsen. »Aber … du sprichst doch Hundisch!«

»Ich kann mit Tieren sprechen«, erklärte Lilli ihm, und unter den menschlichen Fahrgästen, die sie hören konnten, erklang ein Raunen. Inzwischen verrenkten sich alle die Hälse nach Lilli. Sogar die Leute, die am Fenster saßen.

Frau von Schmidt stand wenig beeindruckt neben Bonsai und leckte sich die Pfote. »Sind wir hier bald fertig? Das Knäuel wartet!«

Lilli antwortete nicht darauf, denn sie wandte sich gerade wieder an den Rottweiler. »Es wäre prima, wenn ihr euch alle vertragen könntet. Wir haben nämlich noch ein paar Stunden Fahrt vor uns …«

»Also, ich bin lediglich Herrn von Bonsai zu Hilfe geeilt!«, meckerte Frau von Schmidt. »Und dies tat ich mit überaus geschliffenen Manieren und unübertroffenem Stil. Es gibt daran nichts auszusetzen!«

»Gewiss nicht«, gab Lilli ihr recht. »Wären Sie trotzdem bereit, den Frieden mit diesem anderen Hund zu wahren?«

»Selbstverständlich.« Geziert wackelte Frau

von Schmidt mit den Schnurrhaaren. »Solange dieser Langzahn mich und Herrn von Bonsai in Ruhe lässt, bin ich kultiviert genug, meine legendären Kampffähigkeiten ungenutzt zu lassen.«

Das hieß wohl, dass sie brav sein würde.

»Also, ich will nur Liebe!«, rief Bonsai. »Kollege, was meinst du, können wir einfach beide hier abhängen und dabei ganz lässig bleiben?«

Der Rottweiler starrte allerdings noch immer Lilli an, als sei sie von einem anderen Stern. »Wie kann es das bloß geben? Eine Zweibeinerin mit Hundestimme. Und Hundegesicht! Das ist so was von krass!«

»Tja, Lilli ist halt einmalig! Sie ist eine Tiersprecherin, Kollege«, erklärte Bonsai dem Rottweiler. »Sie ist so eine Art Hundemenschin. Aber wenn sie mit Schnurr-Trullas redet, ist sie eine Schnurr-Trulla-Menschin. Wenn sie mit Flutsch-Heinis redet, ist sie eine Flutsch-Heini-Menschin. Wenn sie mit Brust-Kloppern redet, ist sie eine Brust-Klopper-Menschin. Und so weiter.«

Lilli kannte Bonsai lange genug, um zu wissen, dass er von Katzen, Fischen und Gorillas sprach.

»Außerdem ist sie mein bester Kumpel«, setzte Bonsai hinzu. »Hast du auch einen Zweibein-Kumpel?«

Lilli fragte sich langsam ebenfalls, wo das Frauchen oder Herrchen des Rottweilers war. Wie aufs Stichwort betrat nun ein Mann den Waggon. In der Hand trug er einen Becher mit Kaffee, den er sich wohl gerade im Bordrestaurant besorgt hatte.

»Graf Dracula!«, fuhr der Mann den Rottweiler an und stellte den Kaffee auf dem Tisch des nächsten Sitzplatzes ab. »Hast du dich schon wieder losgerissen?« Schnell zog er eine Leine unter einem Sitz hervor und machte den Hund fest. Dann fiel ihm auf, dass da noch ein zweiter Hund saß. Und eine Katze. Und Lilli. Außerdem starrten unzählige Leute den kleinen Trupp an.

»Was ist hier los?«, fragte der Mann.

»Das Mädchen da redet mit den Tieren!«, zischte ihm eine Frau zu.

Lilli merkte, dass ihre Wangen heiß wurden. Sie mochte es nicht, im Mittelpunkt zu stehen, aber sie musste mit Graf Dracula eine Vereinbarung treffen, sonst würde es Stress geben.

»Also abgemacht?«, fragte sie den Rottweiler. »Kein Streit?«

Graf Dracula brummte. »Von mir aus. Ich wollte eigentlich sowieso gerade schlafen. Die Kleintüte und die Schnurr-Trulla haben mich nur dabei gestört.«

»Ach so.« Lilli lächelte. »Dann ist es ja gut. Schlaf schön!«, wünschte sie dem großen Hund, der sich brummelnd unter den Sitz seines Herrchens quetschte.

Als Lilli sich anschließend aufrichtete, erklang Applaus. Die Leute im Abteil beklatschten sie!

Lilli wurde knallrot. Während sie zu ihrem Sitz zurückeilte – gefolgt von Bonsai und Frau von Schmidt –, grinste Jesahja ihr breit entgegen.

»Saubere Arbeit!«, sagte er und zeigte ihr den Daumen.

Lillis Mutter war allerdings weniger begeistert, denn manche der Fahrgäste erkannten nun, dass sie die berühmte Regina Susewind war, die im Fernsehen jeden Sonntagabend eine politische Talkshow moderierte. »Ich wäre ja gern etwas länger unerkannt geblieben …«, murmelte sie und versteckte ihr Gesicht hinter einem Magazin.

Lilli war jedoch nicht weniger berühmt als

ihre Mutter. Seit einiger Zeit war es kein Geheimnis mehr, dass sie mit Tieren reden konnte, und die Medien hatten sich regelrecht auf ihre Fähigkeit gestürzt. Inzwischen wurde Lilli zwar nicht mehr ständig von Reportern verfolgt, aber das Interesse der Menschen war jedes Mal groß, wenn sie die »Tiersprecherin« irgendwo erkannten. Hier im Zug war es nicht mehr zu ändern, dass die anderen Passagiere ihr immer wieder verstohlene Blicke zuwarfen. Lilli musste versuchen, das zu ignorieren.

Jesahja, der neben ihr saß, stupste sie an. »Denk einfach nicht an die«, riet er. »Denk am besten an die Woche an der Nordsee. Die wird bestimmt super.«

Lilli lächelte ihn an. »Ja, bestimmt.«

»Tanz, Knäuel, tanz!«, forderte Frau von Schmidt, die wieder auf Lillis Schoß gesprungen war, während Bonsai es sich unter dem Sitz gemütlich machte.

Lilli ließ brav den Wollfaden tanzen und träumte dabei zum Fenster hinaus. Sie träumte vom Meer, von Eis am Stiel und davon, eine Woche lang keinen einzigen Gedanken an die Schule verschwenden zu müssen. Bestimmt würde es eine ganz entspannte Woche ohne unvorhergesehene Komplikationen oder irgendwelche Katastrophen werden. Ganz bestimmt.

Oberlinsenhusen

»Das ist es!«, rief Oma und wies aus dem Fenster. »Das schönste Dorf der Gegend: Oberlinsenhusen!«

Lillis Mutter verdrehte angesichts des Ortsnamens die Augen und lachte. Lillis Vater hievte den großen Familienkoffer aus der Ablage, und Lilli und Jesahja zogen sich ihre Jacken an.

»Wir sind da«, informierte Lilli die Tiere. »Beim Aussteigen nehme ich Bonsai auf den Arm«, erklärte sie Frau von Schmidt, die gerade auf ihrem Schoß aufwachte, »und Jesahja trägt Sie hinaus, in Ordnung?«

Natürlich hatte die Katze etwas zu motzen. »Ich möchte von Ihnen getragen werden, Madame von Susewind! Mein Hausmännchen hat einfach kein Talent dazu. Seinen Armen fehlt jede Weltgewandtheit.«

Lilli konnte schlecht einschätzen, wie weltgewandt ihre Arme waren. Aber anstatt zu diskutieren, bat sie einfach Jesahja, Bonsai zu nehmen.

Jesahja hob den winzigen Hund hoch. »Na, dann komm mal her.«

»Yo!« Bonsai schleckte ihm über die Nase.

Einer nach dem anderen stiegen sie nun aus dem Zug aus, und während die Erwachsenen prüften, ob sie nichts vergessen hatten, ließen Lilli und Jesahja die Tiere auf den Boden springen.

»Aber wo soll ich schlafen?«, mäkelte Frau von Schmidt sofort los. »Hier ist weit und breit kein Körbchen!«

»Das hier ist nicht unser Hotel«, antwortete Lilli.

»Aber Sie haben doch gesagt, dass wir da sind!«, tadelte die Katze. »Drücken Sie sich in Zukunft bitte präziser aus!«

Lilli versprach es und folgte den Erwachsenen zu einem Fahrradverleih. Ihr Vater und ihre Mutter bekamen Lastenräder, in denen sie das Gepäck transportieren konnten und in denen auch Bonsai und Frau von Schmidt Platz fanden. Lilli, Jesahja und Oma stiegen auf ganz normale Fahrräder, und sobald alle ihren Helm aufgesetzt hatten, ging es los. Ihr Hotel war gar nicht weit entfernt, und Frau Susewind hatte sich den Weg dorthin vorher genau eingeprägt. Deswegen fuhr sie voraus, gefolgt von allen anderen.

Über idyllische Fahrradwege ging es, an alten Windmühlen und einem Leuchtturm vorüber, bis hinter einer Kurve die Nordsee vor ihnen auftauchte. Lilli lächelte. Das Meer war einfach wunderschön.

Frau von Schmidt sah das etwas anders. »Gütiger Himmel!«, hörte Lilli sie aufschreien. »Wir verbringen unsere Abenteuerwoche doch wohl nicht in der Nähe dieser grauenhaften Wasserwiese?«

Vor einem Jahr hatten sie schon einmal Urlaub an der Nordsee gemacht, und das riesige Gewässer war bereits damals ganz und gar nicht nach Frau von Schmidts Geschmack gewesen.

Die Katze hatte sogar verlangt, dass Lilli die Nordsee komplett entfernen sollte. Das hatte Lilli allerdings nicht getan, und nun hoffte sie inständig, dass kein glühender Sturm der Entrüstung sie treffen würde.

Frau von Schmidt schwieg jedoch – oder wurde sie einfach nur von dem Traktor übertönt, der auf einem Feld neben ihnen vorbeifuhr? Lilli blickte sich um. Es gefiel ihr hier, und das wollte sie sich von der Katze nicht vermiesen lassen. Die Äcker, Rapsfelder und Kuhweiden sahen richtig nach Ferien aus.

Schon nach kurzer Zeit erreichten sie ihr Hotel – ein hübsches Haus mit Reetdach, ganz in der Nähe des Strandes. »Da hast du uns aber was Schnuckeliges ausgesucht, Leo«, lobte Frau Susewind ihre Schwiegermutter.

Zufrieden lächelte Oma. »Ja, hier werden wir uns bestimmt wohl fühlen.«

Sie betraten das kleine Hotel und fanden sich vor einer urig holzverschnörkelten Rezeption wieder. Hinter dem Tresen erhob sich ein großer Mann aus einem rosafarbenen Sessel. »Hallo! Familie Susewind?«, begrüßte er sie in heiterem Tonfall.

Sprachlos starrten Lillis Eltern ihn an. Der Mann sah auch wirklich ungewöhnlich aus. Er trug einen schillernden Seidenkimono und hatte auffallend getuschte Wimpern. Außerdem waren seine langen Haare hochtoupiert und seine Fingernägel blauglitzernd lackiert.

Lillis Eltern, die nach dem ersten Verwunderungsmoment so taten, als wäre alles ganz normal und als hätten sie gar nicht gestarrt, stellten sich vor.

Oma hingegen klatschte begeistert in die Hände und rief dem Mann zu: »Hui, Sie sind ja eine richtige Wucht!«

Der Mann lachte. »Danke!«, antwortete er strahlend. »Ich bin Orlando.«

Kräftig schüttelte Oma ihm die Hand. »Ich mag alles, was nicht langweilig ist.«

»Ich auch.« Orlando zwinkerte ihr zu, dann wandte er sich an alle. »Ich habe für Sie die schönsten Zimmer ausgesucht, Familie Susewind. Folgen Sie mir bitte!«

Orlando führte sie eine Treppe hinauf und einen schmalen Flur entlang. Er zeigte Lillis Eltern ihr Zimmer, anschließend Oma ihres, und zum Schluss brachte er Lilli und Jesahja zu ihrem »Zweibettzimmer mit Meeresrauschen«. Staunend traten die beiden ans weitgeöffnete Fenster und schauten hinaus. Vor ihnen lagen endlose Dünen, und zwischen Möwengekreische hörten sie die Nordsee rauschen.

»Für eure Tiere kann ich euch gern noch zwei Körbchen bringen«, schlug Orlando mit Blick auf Bonsai und Frau von Schmidt vor, die im Zimmer herumschnupperten.

Lilli lächelte erfreut. »Das wär toll!«

Orlando erwiderte ihr Lächeln und verschwand. Kurz darauf kam er mit zwei Körbchen zurück, die er zwischen den beiden Betten platzierte.

»Oh!«, gurrte Frau von Schmidt angetan. »Ich wusste gleich, dass dieser Funkel-Zweibeiner Stil hat. Sagen Sie ihm meinen furiosesten Dank für die Schlafstätte, Madame von Susewind!«

Lilli wollte Orlando aber nicht gleich auf die Nase binden, dass sie mit Tieren sprechen konnte. Sonst würde er sie womöglich auch so anstarren wie die Leute im Zug.

Orlando verabschiedete sich mit den Worten, dass sie ihm jederzeit Bescheid sagen könnten, wenn sie etwas bräuchten.

»Der ist nett«, kommentierte Jesahja, sobald die Tür hinter Orlando zugefallen war.

»Ja, finde ich –«

»Warum haben Sie dem Funkel-Herrn nicht meinen Dank ausgerichtet?«, fuhr Frau von Schmidt empört dazwischen.

Doch bevor Lilli es der Katze erklären konnte, hörte sie Bonsai aufschreien.

»Huch!«, bellte er erschrocken.

Lilli blickte sich nach ihm um. Der Hund stand vor dem bodenlangen Spiegel der Kleiderschranktür und betrachtete sein Spiegelbild. »Was bist du denn für ein Winz-Fuzzi?«

Da wurde Lilli klar, dass Bonsai sich noch nie selbst im Spiegel gesehen hatte. Bei ihnen zu Hause gab es nämlich keinen, der bis zum Boden reichte.

»Lilli! Was macht der Typ hier?«, kläffte Bonsai. »Will der mich veräppeln? Der geht immer genau zur selben Seite wie ich!« Verwirrt hüpfte er von rechts nach links – und sein Spiegelbild machte mit. »Lass den Mist, Winz-Fuzzi! Mach dich besser vom Acker, sonst kläff ich dich platt!«

Lilli kniete sich neben ihren Hund. »Äh … Bonsai«, sagte sie vorsichtig. »Das bist du.«

»Was?« Bonsai erstarrte. »Wie meinst du das?«

»Das ist ein Spiegel, und darin siehst du dich selbst.«

Bonsais Augen wurden rund vor Erstaunen. »Das soll *ich* sein? Unmöglich! Ich bin doch ein richtig cooler Typ und nicht so eine halbe Portion!«

Frau von Schmidt trat mit hocherhobenem Kopf neben Bonsai vor den Spiegel. »Sehen Sie nur: hinreißend wie eh und je!« Beeindruckt betrachtete sie sich. »Was bin ich doch für eine fulminante Erscheinung! Hach, dieses imposant glänzende Fell, diese faszinierend aufragenden Ohren! Madame von Susewind, raubt meine Schönheit Ihnen nicht auch den Atem?«

Lilli wusste, dass es im Schlafzimmer von Jesahjas Eltern einen bodenlangen Spiegel gab. Frau von Schmidt hatte sich anscheinend schon darin bewundert. Der Anblick der Katze raubte Lilli allerdings nicht den Atem. Vielmehr brach ihr Bonsais Anblick das Herz. Der kleine Hund saß mit hängenden Ohren da und konnte offenbar kaum fassen, dass er der Mini im Spiegel sein sollte.

»Der Kollege hatte recht«, sagte er erschüt-

tert. »Ich bin ja wirklich nur eine mickrige Kleintüte!«

»Aber es kommt doch nicht auf die Größe an, Bonsai«, versuchte Lilli, ihn zu trösten. »Sondern darauf, was man im Herzen hat. Und du bist der tollste, mutigste, wunderbarste Hund der Welt!«

Ihre Worte konnten Bonsai nicht aufheitern. Wie ein Häuflein Elend hockte er vor dem Spiegel.

»Wie wäre es, wenn wir am Strand spazieren gehen?«, schlug Lilli vor und hoffte, dass sie Bonsai mit ein bisschen Stöckchenwerfen auf andere Gedanken bringen konnte.

»Eine vortreffliche Idee!«, ließ Frau von Schmidt sich vernehmen. »Womöglich kann man die grässliche Wasserwiese nachhaltig verschrecken, so dass sie endgültig entschwindet.«

»Verschrecken?«, hakte Lilli nach, aber Frau von Schmidt schien keine Details verraten zu wollen.

Lilli erklärte Jesahja kurz alles, dann verließen sie das Zimmer, sagten Lillis Eltern Bescheid und gingen nach unten. Orlando, der wieder hinter der Rezeption auf dem rosafarbenen Sessel saß, beschrieb ihnen den schnellsten Weg zum Strand. »Aber haltet euch rechts. Links sind die Seehunde!«, schob er noch nach, als sie schon zur Tür hinausliefen.

Lilli wunderte sich. Das klang, als ob Seehunde am Strand wären! Wahrscheinlich hatte sie Orlando falsch verstanden.

Während sie das kleine Hotel umrundeten und auf den Strandweg zusteuerten, trottete Bonsai mit hängendem Kopf neben ihnen her. »Ich sehe aus wie ein zotteliges Wollknäuel«, murmelte er vor sich hin. »Ich bin eine richtige Witzfigur.«

»Du bist mein Bonsai!«, entgegnete Lilli mit Nachdruck, aber er hörte ihr gar nicht richtig zu, sondern grummelte weiter etwas von »Lachnummer« und »totaler Null«.

Jesahja betrachtete den Hund. »Manchmal ist man eben einfach traurig«, sagte er. »Und es gibt nichts, was einen aufheitern kann.«

Lilli stutzte. Ihr war heute schon ein paarmal aufgefallen, dass Jesahjas Lächeln irgendwie angestrengt wirkte. »Bist du auch traurig?«, fragte sie ihren besten Freund.

Jesahjas Mundwinkel bogen sich leicht nach unten. »Na ja, ich … ähm.«

Lilli blieb stehen. »Was ist los?«

Jesahja hielt ebenfalls an und wirkte plötzlich richtig bedrückt. »Ich … bin nachdenklich …«, druckste er herum.

»Weswegen?«

»Meine Eltern … wollen sich scheiden lassen.«

Lilli schnappte nach Luft. »Was?«

»Sie haben ja schon seit langem ziemlich viel gestritten oder … geschwiegen«, sagte Jesahja niedergeschlagen. »Das Schweigen war noch schlimmer als das Streiten …«

Lilli griff nach seiner Hand. »Und jetzt wollen sie sich scheiden lassen?«

»Ja, ich hab es gestern Abend zufällig mitbekommen«, erwiderte er. »Eigentlich hatten sie es mir noch gar nicht sagen wollen. Aber dann ist alles rausgekommen.«

»Und was wird jetzt?« Obwohl es in ihrer Klasse einige Kinder gab, deren Eltern geschieden waren, konnte Lilli sich gar nicht vorstellen, was sich dadurch in Jesahjas Leben ändern würde.

Wie zum Schutz zog Jesahja die Schultern hoch. »Keine Ahnung.«

Er sah so traurig aus! Kurzerhand nahm Lilli ihn in die Arme. »Was auch immer werden wird – auf mich kannst du zählen«, sagte sie. Jesahja war der *beste* beste Freund, den man sich nur denken konnte. Einer, auf den sie sich immer hundertprozentig hatte verlassen können und der sie Hunderte von Malen aufgeheitert hatte, wenn sie traurig gewesen war. »Wir haben schon die gefährlichsten Abenteuer zusammen erlebt«, versuchte sie nun, ihn zu trösten. »Wir sind zusammen durch dick und dünn gegangen. Und das machen wir auch weiterhin.« Sie blickte ihn an. »Wir sind Freunde für immer.«

In Jesahjas Augen glitzerte es verdächtig. »Für immer«, bekräftigte er und umschlang sie wieder ganz fest.

»Oh, das erwärmt mir das Herz!«, säuselte Frau von Schmidt, die auf das Geländer des Strandweges gesprungen war. »Obwohl mein Hausmännchen Ihrer ewigen Liebe sicherlich nicht würdig ist – wer ist das schon außer mir? –, haben Sie das in der Tat über die Maßen schön gesagt, Madame von Susewind.«

»Sind wir auch Freunde für immer, Lilli?«, wuffelte Bonsai mit kleiner Stimme.

Lilli ließ Jesahja los und beugte sich zu ihrem Hund hinab. »Ja, Bonsai. Du und ich, wir sind auch beste Freunde für immer.«

Jesahja lächelte, und Bonsai leckte zaghaft über Lillis Hand. »Komisch, dass du einen Wicht wie mich so magst …«

Lilli richtete sich auf. So ging das nicht weiter! »Komm, Bonsai, wir machen ein Wettrennen zum Strand!« Ohne Vorwarnung lief sie los und preschte den Weg entlang. Bonsai trabte allerdings eher unentschlossen hinter ihr her – ganz im Gegensatz zu Frau von Schmidt, die vom Geländer sprang, wie ein orangefarbener Blitz neben Lilli herschoss und sie schließlich überholte.

»Meine legendäre Schnelligkeit ist nach wie vor unübertroffen!«, triumphierte die Katze und blickte sich um. Sie waren am Strand angekommen, und vor ihnen lag die Nordsee. Frau von Schmidt wich zurück. »Uah!«, entfuhr es ihr. »Wie geschmacklos! Wie … albern! Dieses aufgeblasene Monstrum rauscht herum, als sei es Großwasser von Welt. Dabei fällt doch niemand auf so ein übertriebenes Spektakel herein!« Sie bleckte die Zähne. »Jetzt werde ich es diesem Möchtegern-Großplatsch mal zeigen!« Sie machte einen Buckel und begann zu fauchen. »Hinfort mit dir, du Wichtigtuer!«, keifte sie und lief ein paar Schritte weiter. »Troll dich, affiger Angeber! Du Schaumschläger, du!«

Das war wohl ihre Vorstellung davon, die Nordsee zu *»verschrecken, bis sie endgültig entschwindet«*.

Lilli ließ die Katze einfach machen, suchte nach einem Stöckchen und warf es im hohen Bogen davon. Normalerweise wäre Bonsai gleich mit heraushängender Zunge hinterhergeflitzt. Aber jetzt trappelte er dem Stöckchen missmutig nach, als hätte er eigentlich keine Lust, wollte Lilli die Freude aber nicht verderben.

Mit zusammengezogenen Brauen fragte Lilli sich, wie sie es nur anstellen sollte, dass Bonsai auf andere Gedanken kam.

Da landete ein Vogel direkt vor ihr im Sand.

»Das ist ein Austernfischer!«, rief Jesahja, der extrem klug war und einen Kopf wie ein Lexikon hatte. »Eine der häufigsten Arten hier.«

Der ansonsten schwarze Vogel hatte einen

weißen Bauch, orangefarbene Füße, orangefarbene Augen und einen orangefarbenen Schnabel. Es war ein Männchen, das sah Lilli sofort, obwohl sie nicht hätte sagen können, woran sie das erkannte. Der Austernfischer wirkte insgesamt etwas ... heruntergekommen. Das Federkleid war ein wenig zerzaust, und am Hinterkopf stand eine einzelne Feder in die Luft, was Lilli an einen Indianer erinnerte.

Der Vogel legte den Kopf zur Seite und musterte Lilli. »Potztausend!«, schrillte er. »Zum Donnermeier!«

Lilli überlegte, was sie darauf erwidern konnte. Sie entschied sich für: »Hallo.«

Der Vogel riss die Augen auf. »Ich werd zum Storch!«, trillerte er. »Oder bist *du* ein Storch? Ich fänd das schön, wenn du ein Storch wärst! Echt coole Typen, Störche.«

»Ja ... total«, stimmte Lilli zu.

Der Vogel stakste um sie herum und nahm sie von allen Seiten ins Visier. »Du bist das entschieden Schönste, was ich je gesehen habe!« Er hielt inne und sah ihr verliebt in die Augen. »So schön, dass mein Herz voll doll pumpt und schneller schlägt als jedes andere Herz, das voll doll pumpt, wenn es schneller schlägt. Pumpt deins auch voll doll?«

Überrascht schaute Lilli ihn an. Dann grinste sie.

Lotterich

Bonsai kam mit dem Stöckchen im Maul zu Lilli zurück. Als er sie mit dem Austernfischer reden sah, ließ er den Stock in den Sand fallen. »Lilli!«, rief er. »Der Flug-Fritze da! Der ist voll klein! Und trotzdem ist er größer als ich!«

Lilli seufzte. Obwohl der Austernfischer ein recht großer Vogel war – fast so groß wie eine Krähe –, war das übertrieben.

Frau von Schmidt unterbrach die Beschimpfung der Nordsee und schritt heran. »Was für eine schlampige Geflügelperson ist das denn? Die Federn sind ja völlig verschlissen!«

Der Vogel musterte Lilli indessen weiter. »Zum Donnermeier!«, zirpte er. »Du bist eine Menschin im Vogelanzug, richtig?« Er hörte auf, um sie herumzuhüpfen, und seufzte. »Eine Menschin hat mein Herz noch nie so zum Pumpen gebracht, wie es jetzt gerade pumpt, aber ich find das entschieden schön, dass das so ist. Also, dass du so bist, wie du bist, als Menschin.«

Lilli war ganz gerührt von seiner Begeisterung. »Ich bin die Lilli.«

»Ich bin Lotterich«, stellte der Vogel sich vor. »Du redest so entschieden schön!« Verzückt starrte er Lilli an. »Uh, mein pumpendes Herz!«, zwitscherte er, als könnte er seine Gefühle kaum aushalten. »Es pumpt! Irgendwie voll schön, das Herz!« Im nächsten Moment erhob sich Lotterich wieder in die Lüfte. »Ich hol dir ein Dings!«

Lilli schaute ihm nach und fragte sich, was er mit »Dings« meinen könnte.

Kurz darauf tauchte der Vogel wieder auf. Im Schnabel trug er etwas, das Lilli nicht gleich erkannte. Lotterich flog tiefer und setzte zum Sturzflug an. Er zischte nur knapp über Lilli hinweg und ließ das Etwas fallen, das sie am Kopf traf.

»Ein Cocktailschirmchen!«, gluckste Jesahja.

Tatsächlich hatte Lotterich ihr einen kleinen bunten Pappschirm geschenkt. »Ein Superdings, nur für dich, die Lilli!«, rief er ihr aus der Luft zu. »Du freust dich ganz entschieden, oder? So, wie du dich noch nie über ein Geschenk gefreut hast, stimmt's? So, dass du dich fragst, ob du dich überhaupt schon mal gefreut hast, weil du dich jetzt erst so richtig freust wie nie im Leben, richtig?« Er gab ein Geräusch von sich, als würde er vor Glück in sich hineinlachen, dann verschwand er erneut.

»Warum bewirft die ramponierte Geflügelperson Sie mit Müll?«, erkundigte sich Frau von Schmidt.

»Ich glaube, er mag mich«, antwortete Lilli.

Jesahja lachte.

»Und ich mag ihn auch!«, fügte Lilli hinzu.

Jesahjas Lachen verwandelte sich in ein Kichern. »Klar, er ist ja auch wirklich sehr sympathisch! Und so galant!«, zog er sie auf.

Da kam Lotterich schon zurück. Im Schnabel trug er irgendetwas Kleines. »Potztausend!«, kreischte er undeutlich, da er an dem »Geschenk« vorbeikreischen musste. »Jetzt wirst du aber Augen machen, die Lilli. Ich hab ein entschieden herrliches Dings gefunden!«

Im nächsten Moment ließ er eine grellgrüne Kunststoffgabel auf Lillis Kopf fallen. »Freust du dich? Freust du dich?«

»Äh ...« Lilli überlegte, ob sie sich freute. Aber sie überlegte zu lange, und Lotterich verschwand schon wieder.

Jesahja lachte sich kringelig.

»Der abgenudelte Flug-Fritze ist voll verknallt in dich!«, stellte Bonsai fest.

Als Lotterich sie wenig später mit einem Plastikbecher bewarf, rief Lilli ihm zu, dass er bitte zu ihr kommen solle. Daraufhin landete der Vogel schneidig vor ihr im Sand und sah sie mit stolzgeschwellter Brust an. »Zum Donnermeier! Ich finde irgendwie immer die besten Dingse, die es irgendwie gibt! Nur für dich, die Lilli!«

»Das ist toll«, lobte Lilli, wollte Lotterich diese fixe Idee aber unbedingt ausreden. Am Strand lag so viel Abfall herum, dass der Vogel sonst ewig weitermachen würde! »Du musst mir aber nichts mehr schenken. Es genügt schon.«

Überrascht blinzelte Lotterich. »War das richtige Dings noch nicht dabei? Hat dein Herz gar nicht voll doll geschlagen? Dann suche ich noch mal nach was anderem.«

»Nein, schon gut!«, wehrte Lilli ab, aber Lotterich schien sie nicht zu hören und flog davon.

»Setzen wir unseren Spaziergang endlich fort?«, wollte Frau von Schmidt wissen. »Ich muss die grässliche Wasserwiese schließlich von möglichst vielen Stellen aus verschrecken, um eine angemessen kolossale Wirkung zu erzielen.«

Die Katze lief weiter, und Lilli, Jesahja und Bonsai folgten ihr.

Bonsai wunderte sich darüber, dass Frau von Schmidt das Meer anfauchte. Als Lilli ihm den Grund nannte, wirkte er auf einmal noch geknickter als zuvor. »Schmidti ist echt 'ne Heldin. Und ich … ich bin nur ein Pups im Wind.«

Lilli konnte seinen Kummer kaum ertragen, allerdings fiel ihr nichts mehr ein, was sie dagegen unternehmen konnte, außer, ihn in den Arm zu nehmen. Deswegen knuddelte sie ihren Hund ausgiebig, aber er seufzte nur schwer.

Schweigend marschierten sie nun den gut besuchten Strand entlang und kamen an einem

Kanuverleih vorbei. »Sollen wir irgendwann mal mit dem Kanu aufs Meer rausfahren?«, fragte Lilli Jesahja.

Doch der schien gerade abgelenkt zu sein. Mit verblüffter Miene deutete er voraus. Ein Stück vor ihnen befand sich ein Schild. Darauf war zu lesen: *Seehund-Sperrgebiet.*

»Davon stand gar nichts im Internet!«, wunderte sich Jesahja. »Ich hab zwar was über eine Seehundstation in der Nähe gelesen, aber ein Sperrgebiet wurde nirgendwo erwähnt.«

Dann hatte Lilli Orlando wohl doch nicht falsch verstanden. »Wir sind links den Strand hinabgegangen, nicht rechts, wie Orlando geraten hat.«

Jesahja nickte. »Wir sind Schmidti gefolgt ...«

Lillis ganzer Körper begann, vor Freude zu prickeln. Wie gern würde sie einmal einem Seehund in freier Wildbahn begegnen! Allerdings wollte sie das Sperrgebiet natürlich nicht betreten. »Bestimmt haben die Seehunde Junge und brauchen deshalb besondere Ruhe.«

Jesahja schüttelte den Kopf. »Es ist erst Mitte Mai, und eigentlich kommen Seehundbabys im Juni oder Juli zur Welt.« Infos wie diese konnte er einfach so aus dem Ärmel schütteln. »Trotzdem finde ich ein Sperrgebiet echt gut.«

Lilli nickte. Als sie jedoch den Strandabschnitt hinter dem Schild betrachtete, verging ihr die Freude. Etliche Urlauber hatten sich am Seehundstrand niedergelassen! Andere schlenderten unbekümmert in den Dünen des Sperrgebiets umher und zückten ihre Handys, als hofften sie, ein Selfie mit einem Seehund machen zu können.

»Hier müsste unbedingt ein Zaun hin, um die Sonderzone für die Seehunde besser abzugrenzen«, fand Lilli.

Jesahja runzelte die Stirn. »Vielleicht haben die Leute das Schild nicht gesehen?«

»Oder es ist ihnen egal, dass dieses Gebiet nur für Tiere sein soll?« Lilli sah weit und breit keinen einzigen Seehund, aber das war auch kein Wunder, denn die gingen den Touristen bestimmt aus dem Weg.

Plötzlich hörten sie Musik. Lilli entdeckte einige Jugendliche, die in großspuriger Haltung den Seehundstrand entlangflanierten. Sie hatten eine Lautsprecher-Box dabei, aus der schallende Musik dröhnte.

Lilli wurde wütend. Mit zornigen Schritten stapfte sie los.

»Was machst du?«, fragte Jesahja überrascht.

»Lilli!«, bellte Bonsai. »Bist du sauer? Du läufst voll sauer!«

Unbeirrt stürmte Lilli auf die Jugendlichen zu. Es schien ihnen total gleichgültig zu sein, dass hier Tiere lebten, die Ruhe brauchten!

Sobald sie die Gruppe erreicht hatte, sagte sie mit fester Stimme: »Ihr stört die Seehunde!«

Die Jugendlichen waren allesamt mindestens einen Kopf größer als sie und starrten sie an, als sei sie nicht ganz richtig im Kopf. Vielleicht war sie das auch nicht. Sie war ganz allein – und die waren zu fünft!

»Na und?«, fragte einer von ihnen sie in höhnischem Tonfall und baute sich vor ihr auf. »Was willst du dagegen machen?«

Lilli ballte in ihren Jackentaschen die Fäuste. Ihr fiel nichts ein, was sie darauf antworten konnte. Deswegen sagte sie nur: »Eure Musik ist zu laut!«

»Wir mögen sie aber so laut.« Der Junge schob sich die rote Baseballkappe zurück und trat ganz nah an Lilli heran. Wollte er sie einschüchtern?

Wenn Lilli ehrlich war, fand sie die Situation ziemlich beängstigend. Aber es ging um die Seehunde. Und deshalb durfte sie nicht nachgeben. »Macht die Musik leiser!«, forderte sie, und ihre Stimme schwankte nur ganz leicht.

»Sonst was?« Der Junge mit der Baseballkappe stierte sie böse an.

Da war auf einmal ein kleines weißes Etwas zwischen ihnen.

»Keinen Schritt weiter!« Bonsai zeigte dem Jungen knurrend die Zähne. »Lass Lilli in Ruhe, oder du kriegst es mit mir zu tun, du Vollpfosten!«

Erschrocken wich der Junge zurück. Bonsai war zwar klein, aber es war nicht zu übersehen, was für spitze Zähne er hatte.

»Ist das dein Köter?«, fragte der Junge Lilli und bemühte sich offenbar, cool zu klingen.

»Ja, das ist meiner!« Lilli merkte, dass ihr vor Erleichterung die Knie wegknicken wollten.

Lauthals kläffend drängte Bonsai den Jungen zurück. »Vollpfosten, zieh Leine! Sonst bell ich dich in die Ecke!«

Auch den anderen Jungen schien die Situation unangenehm zu werden. »Komm, lass uns gehen«, sagte einer und zog den Anführer am Ärmel.

Der Junge zögerte, doch als Bonsai noch einmal drohend knurrte, zuckte er die Achseln und wandte sich ab. »Die Musik machen wir aber nicht leiser!«

Die anderen Jungs lachten und verbuchten das Ganze wohl als Sieg für sich. Mit wichtigtuerischem Gang stolzierten sie davon.

Lilli blieb mit klopfendem Herzen zurück. Schnaufend ließ sie sich neben Bonsai in den Sand fallen und zog ihn in ihre Arme. »Du hast mich gerettet.« Sie vergrub ihr Gesicht in seinem zotteligen Fell. »Ohne dich … weiß ich nicht, was passiert wäre.«

»Die hatten Angst vor mir!«, rief Bonsai verblüfft. »Obwohl ich so klein bin!«

»Ja!« Lilli lächelte. »Du bist zwar kein Riese, aber dafür bist du unfassbar tapfer! Und diese Jungs hatten wirklich richtig Schiss vor dir! Die haben sich ja regelrecht in die Hosen gemacht!«

»Meinst du wirklich?« Bonsais Schwanz fing zart an zu wedeln. »So dolle haben sie sich gefürchtet?«

»Auf jeden Fall!«, versicherte ihm Lilli. »Ich

habe sogar gesehen, dass ihnen vor Angst die Beine geschlottert haben!«

Bonsai richtete sich auf. »Dann bin ich vielleicht gar kein Pups im Wind?« Sein Schwanz schlug schneller. »Keine Kleintüte?«

»Nein, du bist eine Riesenmordsheldentüte!« Lilli grinste. »Und außerdem ganz schön furchterregend, wenn du wütend wirst!«

Bonsai machte einen Freudenhopser. »Dann helfe ich jetzt Schmidti dabei, die Nordsee zu vergraulen!« Stolz wie Oskar flitzte er los und gesellte sich zu Frau von Schmidt, die in einiger Entfernung das Wasser anfauchte.

Ein Stück weiter entdeckte Lilli auch Jesahja, der nun zu ihr herüberkam. »Ich hätte dir gegen die Typen geholfen«, sagte er, als er sie erreichte. »Aber ich dachte, dass Bonsai das Erfolgserlebnis braucht.«

Wenn Lilli Jesahja nicht so gut gekannt hätte, wäre sie vielleicht sauer gewesen, dass er ihr nicht geholfen hatte. Aber Jesahja war schlau. Er hatte offenbar schnell erkannt, dass sich Bonsai nur dann als alleiniger Retter fühlen konnte, wenn er Lilli auch als Einziger beistand.

»Angriff! Aufruhr! Alarm!«, kläffte der kleine Hund gerade und stellte sich entschlossen vor die Wellen. »Haut ab, ihr Knallköppe!« Er schien wieder ganz der Alte zu sein.

Lilli war erleichtert. Nicht nur wegen Bonsais wiedergewonnenem Selbstbewusstsein, sondern auch, weil die Begegnung mit den Jungs glimpflich ausgegangen war. Allerdings hatte sich nichts daran geändert, dass sich viel zu viele Menschen im Seehund-Sperrgebiet aufhielten!

Lilli schaute Jesahja an. »Es gibt hier offenbar niemanden, der die Seehunde schützt«, sagte sie. »Dagegen müssen wir etwas unternehmen!«

In Jesahjas Augen funkelte es. »Ich bin dabei!«

Anders

Als Lilli, Jesahja, Bonsai und Frau von Schmidt gerade den Strandweg entlang zum Hotel zurückgingen, traf Lilli etwas am Kopf. Es waren mehrere Pommes frites, die vom Himmel regneten.

»Die sind entschieden lecker, die Dingse!«, trillerte Lotterich, der neben ihr landete. »Alle Zweibeiner sind total verrückt danach, nach den Dingsen.«

Da hörten sie eine Menschenstimme schreien: »Du verfluchter Mistdieb!« Eine Frau tauchte auf dem Strandweg auf. In der Hand trug sie eine große Tüte Pommes. »Gib meine Pommes wieder her!«

»Ich muss dann mal weiter«, zwitscherte Lotterich fröhlich und erhob sich in die Luft. »Aber ich komme wieder! Ich will nämlich gern wiederkommen! Ich finde dich so schön, dass ich an gar nichts anderes mehr denken kann als daran, wie schön ich dich finde, die Lilli!«

Die Frau lief dem Vogel mit drohender Geste nach, erwischte ihn aber natürlich nicht. Wortreich schimpfte sie ihm hinterher und stapfte dann zurück zum Strand.

Lilli sammelte indessen die Pommes vom Boden auf und warf sie in einen überquellenden Mülleimer.

»Die waren doch noch gut!«, beschwerte sich Bonsai. »Warum hast du mir die nicht gegeben?«

»Die waren voller Sand!«, entgegnete Lilli. »Außerdem gibt es gleich Abendessen im Hotel, da kriegst du bestimmt was entschieden Leckeres.« Als sie merkte, dass Lotterichs Ausdrucksweise wohl irgendwie auf sie abgefärbt hatte, musste sie lachen. »... was entschieden Leckeres, der Bonsai!«

Bonsai und die anderen hatten keine Ahnung, worüber sie lachte. Lilli kicherte noch einmal in sich hinein und folgte ihnen zum Hotel.

Eine halbe Stunde später saßen Lilli und Jesahja mit Lillis Familie im urgemütlichen Speiseraum. Ihr Tisch war fürstlich eingedeckt und mit kleinen Blumenvasen dekoriert, in denen einzelne Rosen standen. Orlando bediente sie. Zu diesem Anlass hatte er sich eine silberglänzende Kellnerweste über den Seidenkimono gezogen. »Heute präsentieren wir Pfannkuchen mit buntem Salat!«, verkündete er, während er servierte. »Normalerweise gibt es bei uns jeden Tag frischen Fisch, aber unser Lieferant ist heute spät dran.«

Lilli war ganz froh, dass es keinen Fisch gab, denn sie war Vegetarierin. Außerdem roch das Essen phantastisch.

»Die Pfannkuchen sind die geheime Spezialität unseres Kochs«, erklärte Orlando, während er einem jungen Mann winkte, der in der Küchentür stand.

Der junge Mann kam mit unsicheren Schritten zu ihrem Tisch. »Guten Abend«, sagte er schüchtern.

»Das ist Sven«, stellte Orlando ihn vor. »Der beste Koch weit und breit – und das, obwohl er erst achtzehn Jahre alt ist!«

Sven wurde feuerrot.

»Die Pfannkuchen sind köstlich!«, sagte Oma, die schon angefangen hatte zu essen.

Sven schien das Lob sehr zu freuen, trotzdem huschte er eilig zurück in die Küche.

Orlando lachte. »Etwas scheu ist er, aber er hat eine große Kochkarriere vor sich!« Leiser fügte er hinzu: »Wenn seine Familie ihn lässt …« Nun fiel sein Blick auf Bonsai und Frau von Schmidt, die neben Lilli auf dem Boden saßen und ihn erwartungsvoll anschauten.

Frau von Schmidt miezte: »Bestimmt haben Sie auch für uns ein pompöses Abendessen vorbereitet, verehrter Funkel-Herr, nicht wahr? Ich verharre in atemloser Spannung!«

Obwohl Orlando sie nicht verstehen konnte, lachte er darüber, dass sie ihn derart anmiaute. »Die hat Hunger, was?«

Im gleichen Moment kam Sven wieder aus der Küche. Er hatte zwei Näpfe dabei, die er neben dem Tisch der Susewinds auf dem Boden abstellte.

»Oh, das duftet grandios famos!«, rief Frau von Schmidt.

»Endlich Fresschen!«, wuffte Bonsai, und dann machten sich beide Tiere über ihr Futter her.

Lächelnd sah Orlando ihnen zu. »Ist es nicht ungewöhnlich, dass die zwei sich dermaßen gut verstehen?«, fragte er. »Die Katze ist wie ein Hund mit euch zum Strand gelaufen! Das ist schon ein bisschen merkwürdig …«

»Bonsai ist ein reinrassiger Mischling«, kam es wie aus der Pistole geschossen von Lillis Vater, als sei das eine Antwort auf die Frage.

Irritiert sah Orlando ihn an. Lilli vermutete, dass ihr Vater ganz automatisch versuchte abzulenken, wenn es um Lillis Fähigkeiten ging, denn das hatte er viele Jahre lang so gemacht.

»Hier gibt es ein Seehund-Sperrgebiet!«, platzte Lilli ihrerseits heraus, denn sie wollte ebenfalls nicht, dass es weiter um Bonsai und Frau von Schmidt ging. »Wusstet ihr das?«

Überrascht schüttelten ihre Eltern und Oma die Köpfe.

»Der Weststrand von Oberlinsenhusen ist erst seit diesem Jahr als Sperrgebiet gekennzeichnet«, erklärte Orlando. »Das ist ganz neu und sogar im Internet noch nirgendwo erwähnt, glaube ich. Daran müssen sich die Leute erst mal gewöhnen.«

»Scheint so«, gab Jesahja zurück. »Es hat sich kaum jemand an das Verbot gehalten!«

Orlando nickte. »Ja, manche der Pensionsbesitzer sagen ihren Gästen sogar, dass sie sich nicht von dem Verbot einschränken lassen sollen.« Er seufzte. »Der Seehundschutz wird hier im Ort eher kritisch gesehen.«

»Wieso das denn?«, fragte Lilli.

»Versteht mich nicht falsch – ich bin dafür und finde, wir Menschen nehmen den Tieren schon viel zu viel Lebensraum weg.« Kopfschüttelnd fuhr Orlando sich über das kunstvoll toupierte Haar. »Aber nicht nur der Weststrand ist jetzt Sperrgebiet, sondern auch ein großes Stück des Wassers davor. Dort sollen keine Boote mehr fahren, und es darf nicht gefischt werden.«

»Warum nicht?«, hakte Lillis Oma zwischen zwei Bissen nach. Sie hatte ihren Pfannkuchen schon fast aufgegessen.

»Es gibt mittlerweile einfach zu wenig Fisch in der Nordsee«, antwortete Orlando. »Über Jahrzehnte haben die Menschen viel zu viel gefischt, und deswegen wurden die Fische immer weniger. Das ist ein großes Problem. Nicht nur für die Fischer, sondern auch für die Seehunde und die anderen Tiere, die dadurch nicht mehr ausreichend Nahrung finden. Das ist der Grund, warum das Meer vor dem Weststrand ebenfalls zum Sperrgebiet erklärt wurde: damit die Seehunde dort genug zu fressen haben und ihnen die Fischer nicht alles vor der Nase wegschnappen.«

Interessiert beugte sich Lillis Mutter vor. »Das finden die Fischer von Oberlinsenhusen doch garantiert nicht gut!«

»Nein, natürlich nicht«, bestätigte Orlando. »Bei uns im Dorf gibt es drei alteingesessene Fischerfamilien, deren Mitglieder typisch nordische Trotzköpfe sind und die sich nichts sagen lassen.« Er verdrehte die Augen. »Stur bis zum Gehtnichtmehr, diese Fischer! Und total unvernünftig noch dazu! Zum Beispiel können sie allesamt nicht schwimmen, wollen es aber auch partout nicht lernen.«

Frau Susewind blickte ihn mit großen Fragezeichen in den Augen an.

»Jedenfalls haben diese Familien schon seit

Generationen vom Fischfang gelebt«, fuhr Orlando fort. »Über das Fangverbot vor der Küste sind sie sehr wütend, wie Sie sich vielleicht vorstellen können. Jetzt müssen sie nämlich immer sehr weit aufs Meer hinausfahren, anstatt direkt vor der Küste fischen zu können.« Er wandte den Kopf. Jemand hatte an der Rezeption geklingelt. »Wenn man vom Teufel spricht …« Orlando lachte, aber es klang etwas missmutig. »Ich glaube, unser Fischlieferant ist da.« Mit einer kleinen Verbeugung entfernte er sich vom Tisch und eilte zur Rezeption.

Lillis Mutter reckte den Hals nach dem Fischlieferanten. »Der gehört doch bestimmt zu den Familien, die wegen des Seehundschutzgebiets sauer sind.« Man konnte allerdings niemanden sehen, sondern nur eine dunkle Stimme hören.

Oma klaute sich ein Stück Pfannkuchen von Frau Susewinds Teller, während diese nicht hinschaute.

Lilli musste lachen. Im nächsten Augenblick öffneten sich innerhalb von Sekunden mehrere der Rosen auf dem Tisch zu voller Pracht. Das hatte mit Lillis zweiter Gabe zu tun: In ihrer

Nähe gediehen Pflanzen außergewöhnlich gut, und wenn sie lachte, blühte sofort alles um sie herum. Da die Susewinds und Jesahja die einzigen Gäste im Speiseraum waren, beachtete das aber niemand sonderlich.

Lilli konzentrierte sich nun auf den leckeren Pfannkuchen auf ihrem Teller und dachte darüber nach, was Orlando gesagt hatte.

Währenddessen erzählte Jesahja den Erwachsenen von Lotterich, und die amüsierten sich sehr über dessen »Geschenke«. Jesahja wurde allerdings schnell wieder ernst. »Lotterich hat so viel Zeug zur Auswahl, weil der ganze Strand total vermüllt ist.«

Das war Lilli auch aufgefallen. »Manche Leute lassen ihre Dingse … äh, ihren Abfall einfach im Sand liegen.«

»Ja, aber es gibt auch zu wenige Mülleimer. Und die, die da sind, quellen alle über.« Jesahja wirkte nachdenklich. »Wie wäre es, wenn wir morgen alle zusammen eine Müllsammelaktion machen würden?« Er sah in die Runde.

Frau Susewind seufzte leise. »Eigentlich wollte ich einfach mal faul am Strand liegen …« Als sie Omas strengen Blick bemerkte, fügte sie jedoch hinzu: »Allerdings wäre das wirklich eine gute Sache. Machen wir das!«

Lilli fand die Idee ebenfalls super. Jesahja hatte einfach immer die besten Einfälle.

»Mir ist langweilig«, nörgelte Frau von Schmidt, die ihren Napf inzwischen geleert hatte. »Tun Sie doch etwas, Madame von Susewind! Die Reizlosigkeit der Situation drückt gnadenlos auf mein Gemüt.«

»Wir können noch nicht gehen, Madame, es gibt noch Nachtisch«, entgegnete Lilli.

»Für uns auch?«, wollte Bonsai wissen, der entspannt neben Lillis Stuhl auf dem Rücken lag und alle viere in die Luft streckte. »Ein Würstchen würde noch reinpassen ...«

»Ich verlange, unterhalten zu werden!«, quäkte die Katze.

Seufzend erhob sich Lilli. »Ich hole das Wollknäuel«, sagte sie und verließ den Speiseraum, um zu ihrem Zimmer zu gehen. Als sie an der Rezeption vorüberkam, hörte sie Orlandos Stimme vor der Haustür.

»Du könntest dir langsam mal neue Gemeinheiten einfallen lassen, Strobeck«, sagte Orlando gerade.

Eine Männerstimme antwortete: »Das ist kein Witz, Klaus. Es ist echt eine Schande, wie du rumläufst!«

Lilli schlich zum Fenster und spähte hinaus. Neben Orlando stand ein kräftiger, weißblonder Mann mit Vollbart und harten Gesichtszügen. Ganz offensichtlich war das der Fischlieferant, denn hinter ihm befand sich ein Lieferwagen, in dem Fischkisten gestapelt waren.

»Wo bekommst du diesen ganzen Firlefanz eigentlich immer her?« Der Lieferant tippte abfällig gegen Orlandos silberne Weste. »Mit deinem Aufzug verschreckst du uns die Touristen! Merkst du eigentlich nicht, wie peinlich du allen bist?«

Lilli konnte Orlando ansehen, dass ihn diese Worte verletzten. Gleichzeitig schien er aber an den Spott dieses Mannes gewöhnt zu sein. »Manche Leute mögen alles, was nicht langweilig ist«, erwiderte er.

Als Lilli sich erinnerte, dass das die Worte ihrer Oma gewesen waren, bekam sie einen Kloß im Hals. Wurde Orlando im Ort etwa angefeindet?

Da kam Sven, der junge Koch, mit einer leeren Kiste auf die beiden zu. Offenbar gab es hinter dem Haus einen Eingang zur Küche, und bestimmt hatte er gerade den frischen Fisch weggebracht.

Sobald der Mann ihn entdeckte, rief er: »Und du solltest lieber mal wieder mit deinen Brüdern aufs Meer rausfahren, anstatt bei diesem Clown hier Koch zu spielen. Fischen ist in deiner Familie Tradition, Sven Hansen!«

Sven wurde abermals feuerrot im Gesicht und floh regelrecht in Richtung Küche.

»Kochen ist was für Schwächlinge!«, polterte der Weißblonde ihm hinterher.

»Langsam hast du genug Gift verspritzt, Strobeck!«, rief Orlando scharf. »Du fährst jetzt besser wieder.« Mit diesen Worten drehte er sich um und kam zurück ins Haus.

Sobald er eingetreten war, entdeckte er Lilli am Fenster. Seine mühsame Beherrschung wich trauriger Betroffenheit. »Hast du etwa alles mitangehört?«, fragte er und ließ sich auf den rosafarbenen Sessel hinter der Rezeption fallen. Als Lilli nicht sofort antwortete, wurde sein Blick starr. »Es ist nicht so leicht, wenn man anders ist als andere«, murmelte er.

Lilli ging zu ihm. Sie wusste nur allzu gut, wie

es sich anfühlte, wenn man nicht so war wie alle. »Dieser Strobeck hat diese schlimmen Sachen gesagt, weil Sie ... so funkeln?«

Orlando nickte. »Ich heiße eigentlich Klaus, aber ich habe meinen Namen schon in der zehnten Klasse geändert, weil ich ihn so furchtbar langweilig fand«, sagte er. »Ich wollte einfach nicht so sein wie die anderen Jungs. Die haben mit ihren blauen Flecken vom Fußballspielen angegeben und wollten immer zeigen, wie hart sie sind. Und ich ... ich habe mir damals schon lieber die Nägel lackiert, als mich zu raufen. Ich war einfach anders.«

»Ihre Nägel sind wirklich super«, bemerkte Lilli und betrachtete Orlandos blaulackierte Kunstwerke. »Aber das fanden die Jungs damals wahrscheinlich nicht, oder?«

»Ganz und gar nicht!« Orlando lachte freudlos. »Strobeck war damals in meiner Klasse. Wir kennen uns seit unserer Kindergartenzeit! Aber seitdem ich zum ersten Mal im Kleid in die Schule kam, hackt er auf mir rum und sagt, es gäbe keinen Platz für jemanden wie mich in Oberlinsenhusen.«

»Das tut mir leid.« Lilli bewunderte Orlando

allerdings für seinen Mut, im Kleid zur Schule zu gehen. Er hatte sich offenbar nie versteckt – anders als sie. »Ich … äh … ich bin auch ein bisschen … ungewöhnlich«, brachte sie hervor.

Fragend schaute Orlando sie an. »Ja?«

»Ja, ich … ich kann mit Tieren reden.«

Einen Augenblick lang schien Orlando zu überlegen, ob das ein Scherz sein sollte. Dann rief er: »Moment mal, bist du etwa diese Tiersprecherin, über die so viel in der Zeitung stand?«

Lilli merkte, dass sie verschämt den Blick senken wollte, aber dann straffte sie die Schultern. »Ja, die bin ich.«

Orlando riss die Augen auf. »Das gibt's ja gar nicht! Aber jetzt ergibt es Sinn, dass deine Katze sich so seltsam verhält!«

»Oh, das liegt aber auch daran, dass Frau von Schmidt keine normale Katze ist. Also, eigentlich schon, nur … das weiß sie nicht.«

Orlando lachte. »Ich finde es toll, dass du das kannst!«

»Manchmal hat mir meine Gabe aber auch ganz schöne Probleme eingebrockt«, gestand Lilli. »Und oft habe ich versucht, sie zu verheimlichen, damit ich nicht wieder … nur ein Freak bin.«

»Ich bin auch ein Freak.« Orlando lächelte. »Aber was bringt es, das zu verbergen und sich zu verstellen? Dann wird man ja noch unglücklicher, als man es durch die doofen Reaktionen von anderen ist.«

Lilli dachte darüber nach. »Das stimmt«, sagte sie. »Aber … stört es Sie gar nicht, von anderen angestarrt zu werden?«

»Ach, daran gewöhnt man sich.« Orlando machte eine wegwerfende Handbewegung. »Man muss immer daran denken, dass die Leute vor allem deswegen starren, weil sie Freaks eigentlich total spannend finden.«

Lilli grinste, und Orlando grinste verschwörerisch zurück.

Da erklang eine säuerliche Katzenstimme. »Wo ist mein Knäuel?« Frau von Schmidt stand mit zurückgelegten Ohren vor Lilli. »Was ist das hier für ein Schlendrian?« Sie drängte sich gegen Lillis Bein und versuchte, sie in Richtung der Treppe zu schieben. »Ich spüre, wie tiefes Missfallen von mir Besitz ergreifen will. Also hopphopp, Madame, bevor Ihr Versuch, mich zu unterhalten, als gewaltiger Fehlschlag in die Geschichte eingehen wird!«

Orlando blickte fragend von der Katze zu Lilli, aber sie lachte nur und machte sich auf den Weg zum Wollknäuel.

Flugsammler

Am nächsten Morgen wurde Lilli von einem eigenartigen Geruch geweckt. Es roch nach … Mettwurst. Sie öffnete die Augen und entdeckte Lotterich, der auf der Bettkante saß. Offenbar war er durch das geöffnete Fenster hereingekommen. Erwartungsvoll blickte er sie an. »Und? Gefällt dir das Dings? Gefällt es dir so gut, dass du total froh bist, dass du es bekommen hast, das Dings?«

Jetzt bemerkte Lilli, dass neben ihr auf dem Kissen eine lädierte Bäckereitüte lag. Und darin war ein zur Hälfte aufgegessenes Mettbrötchen.

Sie musste sich zusammenreißen, um nicht »Bäh!« zu rufen.

»Entschieden schön, oder?«, zirpte der Vogel.

»Nicht so richtig ...« Bevor Lilli weitersprechen konnte, schnappte Bonsai nach dem Mettbrötchen und schlang es mit einem Happs hinunter.

»Du magst ja keine leckeren Sachen, Lilli«, nuschelte der Hund, während er sich über das Maul schleckte. Damit meinte er, dass sie kein Fleisch aß.

Lotterich krächzte: »Jetzt hat der Wuffel alles weggefressen!« Empört schüttelte er den Kopf. »Na, dann muss ich eben noch mal suchen und irgendwie irgendwas finden, was dein Herz voll doll zum Pumpen bringt, die Lilli!« Er hopste zum Fenster und schwang sich vom Sims.

Lilli war noch gar nicht richtig wach. Gähnend schaute sie sich im Zimmer um. Wo war Jesahja? Da hörte sie von draußen seine Stimme und schlurfte zum Fenster.

Jesahja stand mit dem Handy am Ohr im Rosengarten des Hotels, gleich unter ihrem Fenster. »Aber dann seid ihr ja schon getrennt, wenn ich von der Nordsee zurückkomme!«, sagte er gerade. Pause. »Wieso ist das am besten so?« Pause. »Nein, ich … ja, okay. Klar.« Er legte auf, und Lilli sah ihm an, wie sehr ihn das Gespräch aufgewühlt hatte.

Ein paar Minuten später betrat er das Zimmer. »Morgen«, brummte er.

»Deine Eltern trennen sich so bald schon?«, fragte Lilli.

Überrascht sah Jesahja sie an, dann reimte er sich wohl zusammen, dass sie ihn telefonieren gehört hatte. »Ja, und sie werfen sich gegenseitig vor, an allem schuld zu sein.« Er ließ sich neben Lilli auf das Bett fallen. »Was für ein Mist!«, knurrte er und versuchte, wütend zu klingen. Lilli hörte aber genau heraus, dass er vor allem traurig war.

Bonsai sprang aufs Bett und begann, Jesahjas Gesicht abzulecken. »Du bist nicht fröhlich!«, schnuffte er. »Und dabei ist fröhlich am besten!«

Jesahja lächelte schief. Dann lachte er. »Boah, hast du Mettwurst gegessen? Du stinkst, Kumpel.«

Bonsai verstand das nicht, aber er merkte, dass Jesahja nicht mehr so traurig war. »Primchen!«, rief er erfreut. »Jetzt ist alles wieder gut.«

Natürlich war noch nicht alles wieder gut. Dennoch gingen sie gemeinsam zum Frühstück hinunter.

Orlando trug heute einen schönen grünen Rock und eine schicke Bluse. Mit einer einladenden Geste forderte er sie auf, sich zu setzen.

Lillis Eltern und Oma warteten schon auf sie. »Hallo ihr zwei!«, rief Herr Susewind fröhlich. »Orlando leiht uns allen heute Gartenhandschuhe – damit können wir besser Müll sammeln!«

»Spitze«, sagte Jesahja, klang allerdings etwas geknickt. Die Sache mit seinen Eltern lag ihm sichtlich schwer auf der Seele.

»Sagen Sie mal, Orlando«, ergriff Oma das Wort, während sie ein frisches Brötchen aufschnitt. »Gibt es hier in Oberlinsenhusen eigentlich irgendwo einen Spielplatz zum Klettern und Toben?«

Lillis Mutter wunderte sich. »Lilli und Jesahja sind langsam zu alt für Spielplätze!«

»Wer hat denn was von Lilli und Jesahja gesagt?«, versetzte Oma. »*Ich* habe Lust auf Klettern und Toben.«

Das brachte Jesahja zum Grinsen, und Lilli war froh, ihn lächeln zu sehen.

»Nach dem Müllsammeln würde ich gern auf einen Abenteuerspielplatz gehen«, beharrte Oma.

Orlando schüttelte den Kopf. »So etwas gibt es leider nicht bei uns. Das ist ein sehr kleiner Ort …«

Oma seufzte. »Oberlinsenhusen fehlt ein bisschen Coolness«, merkte sie an. »Ein Spielplatz könnte da helfen.«

Orlando lachte zustimmend. Dann ging er in die Küche und kam mit frischem Fisch für Bonsai und Frau von Schmidt wieder, über den die beiden wie ausgehungert herfielen.

Nach dem Frühstück machten sich die Susewinds und Jesahja auf den Weg zum Strand – bewaffnet mit Handschuhen, zwei Greifzangen und großen Säcken.

Mitten auf dem Strandweg wurde Lilli von einem Joghurtbecher getroffen. »Au!«, rief sie und schaute nach oben.

Lotterich kreiste über ihr. »Da ist noch was drin, die Lilli!«, verkündete der Austernfischer stolz. »Du kannst rauskratzen, was da noch drin ist!«

»Ist er das?« Lillis Mutter schirmte ihre Augen

mit der Hand gegen die Sonne ab. »Ist das der verrückte Vogel?«

Lilli fand Lotterich eigentlich gar nicht verrückt. Nur ein bisschen ungewöhnlich. Vielleicht war er einfach ebenfalls ein Freak. »Lotterich!«, rief sie ihm zu. »Bitte schenk mir nichts mehr!«

»Kommt nicht in Frage!«, hörte sie die Antwort aus der Luft. »Wenn das richtige Dings noch nicht dabei war, dann suche ich eben weiter, bis ich das beste Dings gefunden habe, das es gibt, so dass du denkst, dass du noch nie so ein entschieden bestes Dings bekommen hast!« Er zischte davon.

Oma blickte Lotterich nach. »Interessanter Typ«, fand sie. »Mit der abstehenden Feder am Hinterkopf sieht er aus wie Winnetou nach einer durchzechten Nacht.«

Lilli grinste Oma an, die mit einer Greifzange den Joghurtbecher aufhob, den Lotterich fallen gelassen hatte. Bonsai hatte ihn in Rekordzeit fein säuberlich ausgeschleckt. Während der Hund sich über die Nase leckte, bemerkte er: »Der Flug-Fritze schenkt dir echt mega gute Sachen, Lilli!«

Während sie weitermarschierten, sammelten sie bereits fleißig Müll, und als sie schließlich den Strand erreichten, waren ihre Säcke schon halbvoll.

Herr Susewind sah sich am Strand um und stemmte die Hände in die Seiten. »Wenn wir den ganzen Müll einsammeln wollen, brauchen wir mindestens eine Woche.«

Da fiel ein alter Flip-Flop vom Himmel und landete neben Lilli im Sand. »Das ist für die Füße! Ein Fuß-Dings!«, zwitscherte Lotterich über ihr. »Ich kucke mal, ob ich noch ein zweites Dings für die Füße finde, dann hättest du zwei für die Füße! Immerhin hast du ja zwei, also Füße, dann brauchst du auch zwei Dingse.«

Jesahja betrachtete den Vogel nachdenklich. »Ich habe eine Idee«, sagte er, und in seine Mundwinkel stahl sich ein Lächeln. »Wie wäre es, Lilli, wenn du ein paar Vögel um Mithilfe bitten würdest? Lotterich natürlich, der scheint ja Experte im Aufsammeln zu sein. Aber vielleicht auch noch andere. Hier sind viele große Vögel! Wenn du sie bitten würdest, uns beim Müllsammeln zu helfen, wären wir viel schneller und könnten viel mehr schaffen!«

Zögernd drehte Lilli eine Strähne ihres roten Haars um den Zeigefinger. Dann wanderte ihr Blick zu ihrer Mutter. Sie wusste, was diese dachte: Wenn ihre Tochter hier am Strand Vögel um Hilfe bitten würde, bekämen die anderen Urlauber das mit, und Familie Susewind wäre mal wieder die Sensation des Tages. Kurz überlegte Lilli, ob sie das überhaupt selbst wollte. Doch dann erinnerte sie sich daran, dass Orlando gesagt hatte, man würde sich irgendwann an das Starren der Leute gewöhnen. Deshalb fragte sie nur: »Wär das in Ordnung, Mama?«

Frau Susewind schaute sich um. »Dem Strand und der Natur hier würde es guttun …«

Lilli lächelte. »Also ja?«

Ihre Mutter lächelte zurück. »Meinetwegen. Holen Sie die Vögel, Frau Tiersprecherin!«

Lilli rief zuerst Lotterich zurück, den sie über einer Düne kreisen sah. Er kam sofort herangeschossen und landete zackig vor ihr. »Potztausend! Du hast das Dings ja gar nicht angezogen!« Mit dem Schnabel pickte er nach dem alten Flip-Flop. »Und dabei ist es so entschieden erstaunlich! Irgendwie sonderbar schön auf seine eigene, platte Weise. Also, außergewöhnlich extrem schön platt, das Dings! So wie –«

»Lotterich«, unterbrach Lilli ihn. »Könntest du mir einen Gefallen tun?«

»Einen Gefallen?« Der Vogel hüpfte näher heran. »Ich glaub, ich werd zum Storch! Das musst du mich doch gar nicht erst fragen! Ich tue dir jeden Gefallen, die Lilli! Total gerne! Mein Herz pumpt schon wieder voll doll, wenn ich nur daran denke, dass ich dir einen Gefallen tun kann, weil ich dir einen Gefallen tun darf!«

»Okay, okay«, bremste Lilli ihn. »Also: Meine Familie und ich sammeln hier am Strand Abfall ein, damit es sauberer ist.«

»Hab ich gesehen!«, rief Lotterich. »Ich dachte schon, du willst dir selbst schöne Dingse suchen, weil meine Dingse für dich nicht entschieden schön genuge Dingse sind.«

»Nein, daran liegt es nicht«, entgegnete Lilli. »Deine Dingse sind toll! Aber der Müll ist nicht gut für den Strand und für die Tiere hier.«

»Ja, das ist leider wahr«, stimmte Lotterich zu. »Einmal hab ich was geschluckt, weil ich dachte, es wäre was Leckeres. Aber es war ein Dings! Davon hab ich entschieden böse Bauchschmerzen bekommen, die so übel waren, dass sie schlimm weh getan haben, die Bauchschmerzen!«

»Aber jetzt geht's dir wieder gut?«, fragte Lilli besorgt.

»Ja, ja, alles prima.« Der Vogel schlug mit den Flügeln, als könne nichts ihn umhauen. »Also was für einen Gefallen soll ich dir denn nun tun, die Lilli?«

»Könntest du andere Vögel bitten, meiner Familie und mir beim Müllsammeln zu helfen?«, bat Lilli. »Wenn ganz viele mitmachen, kriegen wir alles viel schneller sauber!«

»Das stimmt und ist entschieden richtig!«, pflichtete Lotterich ihr bei. »Ich könnte ein bisschen rumfliegen und es allen erzählen, so dass sie es wissen und Bescheid gesagt bekommen haben.«

»Das wäre klasse!«, sagte Lilli.

Lotterich breitete die Flügel aus und erhob sich in die Luft. »Mein Herz pumpt bestimmt noch doller, wenn ich das geschafft habe! Voll schön, der Gefallen!«

Es dauerte gar nicht lange, da landeten zwei weitere schwarzweiße Austernfischer bei ihnen.

»Zum Donnermeier!«, flötete einer. »Du bist ja wirklich eine Menschin im Vogelanzug! Echt schön. Dir helfen wir gern!« Die Vögel machten sich umgehend auf den Weg und holten Müll aus den Dünen, den sie wenig später neben Lilli fallen ließen. »Solche Dingse willst du haben, richtig?«

»Ja!« Lilli hob die moderigen Plastikverpackungen auf, um sie in ihren Sack zu stecken. »Genau solche Sachen!«

Plötzlich hörte sie Möwenstimmen. »Hey, du da!«

Lilli hob den Kopf. Über ihr kreisten drei Möwen. »Hallo!«

»Dürfen wir auch mitmachen?«, kreischten die drei.

Lilli lachte. »Gerne!«

Ihre Mutter, die gerade ein halbverrottetes Stück Fischernetz aufgehoben hatte, legte den Arm um sie. »Hab ich dir eigentlich jemals gesagt, dass ich finde, deine Gabe ist eine richtig prima Sache?«

Im nächsten Augenblick traf sie ein alter Kugelschreiber am Kopf, den ein Austernfischer gerade fallen gelassen hatte. Sie lachte, und

直

Lilli lachte mit – was zur Folge hatte, dass neben ihnen ein Büschel Sandhafer ein Stück in die Höhe schoss. Lilli blickte sich um. Hatte es jemand gesehen? Das war schwer zu sagen. Inzwischen waren einige Leute auf das aufmerksam geworden, was um Familie Susewind herum geschah – etliche Vögel pickten mittlerweile überall am Strand Abfall auf und brachten ihn zu Lilli und den anderen, die ihn in ihre Säcke packten. Der Anblick war garantiert ziemlich ungewöhnlich, und immer mehr Menschen standen auf und zeigten staunend auf die Austernfischer und Möwen.

Durch das, was die Vögel alles neben ihnen fallen ließen, bildete sich rasch ein Ring aus Müll um die Susewinds herum.

Da kam eine Frau mit einem Beutel zu ihnen. »Kann ich irgendwie helfen?«

»Na klar!«, erwiderte Lillis Oma. »Packen Sie gern ein, was Sie können!«

Die Frau begann, ihnen beim Abtragen des Müllhaufens zu helfen. Ein Mann kam hinzu und machte ebenfalls mit. Innerhalb kürzester Zeit schlossen sich ihnen Dutzende von Menschen an! Überall wurde Abfall aufgesammelt und in Taschen und Tragebeuteln verstaut. Die Vögel halfen weiterhin emsig mit, und Lotterich war der Eifrigste von allen. »Wenn ich was entschieden Schönes finde, schenke ich es dir aber, das Schöne, ja?«, rief er Lilli zu.

»Kannst du gern machen«, erwiderte Lilli, denn sie wollte ihm die Freude nicht verderben.

Die Frau, die neben ihr Abfall einpackte, beobachtete sie dabei, wie sie mit dem Vogel sprach. Neugierig fragte sie: »Du bist Liliane Susewind, nicht wahr?«

Lilli merkte, dass ihr Gesicht rot wurde. Trotzdem straffte sie die Schultern und antwortete: »Ja, die bin ich.«

Shocking Jonas

Es dauerte mehrere Stunden, aber am frühen Nachmittag war der Oststrand von Oberlinsenhusen komplett müllfrei. Die Susewinds und Jesahja bedankten sich bei allen Leuten, die mitgeholfen hatten, und Lilli dankte den Vögeln.

Lillis Mutter strich sich eine verschwitzte Haarsträhne aus dem Gesicht. »Puh, jetzt will ich erst mal duschen und danach nur noch faul im Strandkorb sitzen!«

Oma hatte hingegen großen Hunger und wollte Sven fragen, ob er ihr einen Pfannkuchen außer der Reihe machen könnte. Lillis

Vater hielt das für eine sehr gute Idee. Die drei Erwachsenen verabschiedeten sich nun also und machten sich auf den Weg zurück zum Hotel.

Lilli und Jesahja wollten noch zum Weststrand und schauen, ob ihnen etwas einfiel, womit man die Seehunde im Sperrgebiet besser schützen konnte. Frau von Schmidt und Bonsai begleiteten sie. Die Katze hatte ihr Vorhaben, die Nordsee zu verschrecken, noch lange nicht aufgegeben und beschimpfte im Gehen unablässig das Wasser. Bonsai machte mit, doch wenn Lilli Stöckchen warf, vergaß er alles andere.

Nach kurzer Zeit erreichten sie das Schild, das den Beginn des gesperrten Bereichs kennzeichnete. Auch heute befanden sich einige Menschen am Seehundstrand, und tatsächlich war wieder laute Musik zu hören! Diesmal kam sie mitten aus den Dünen.

Jesahjas Miene verfinsterte sich. »Laufen wir hin«, sagte er. »Das Gedröhne geht echt gar nicht!«

Lilli sah das genauso. Allerdings hatte sie sich eigentlich vorgenommen, das Sperrgebiet nicht noch einmal zu betreten – denn dann war sie ja nicht besser als die Leute, die der Schutz der Seehunde nicht interessierte. Aber die laute Musik war einfach furchtbar, und es schien, als wollte sonst niemand etwas dagegen unternehmen. »Einverstanden, gehen wir hin«, antwortete Lilli. »Und wenn die Jungs wieder so blöd sind wie gestern, kann Schmidti sie ja beschimpfen«, fügte sie locker hinzu, obwohl sie ein bisschen Bammel vor den großen Jungs hatte. Sie rief nach Bonsai und Frau von Schmidt, und zu viert marschierten sie in die Dünen hinein, immer in Richtung des Lärms.

Wenig später rief Jesahja: »Da drüben!«

Auf dem höchsten Punkt einer Düne saß der Junge mit der roten Baseballkappe. Er war diesmal ganz allein. Nur seine Lautsprecher-Box stand neben ihm im Sand und wummerte vor sich hin.

Lilli war froh, dass seine Kumpel nicht hier waren. Vielleicht konnte man so besser mit ihm reden?

Als der Junge sie kommen sah, verfinsterte sich sein Gesichtsausdruck. »Was willst du denn schon wieder hier?«, fragte er Lilli herablassend.

»Glaubst du, ich hab Schiss vor deiner Fußhupe?« Damit war wohl Bonsai gemeint.

Der Hund hatte den Jungen gleich wiedererkannt. »Vollpfosten-Alarm, Lilli!«, kläffte er und war offenbar bereit, sie mit Zähnen und Zotteln zu verteidigen.

»Der Lärm aus dieser Kiste ist eine himmelschreiende Beleidigung für meine noblen Ohren!«, quiekte Frau von Schmidt entrüstet.

Lilli machte eine beruhigende Handbewegung in Richtung der Tiere. »Dreh mal die Lautstärke runter«, sagte sie zu dem Jungen.

Überraschenderweise tat er es. »Sobald ihr weg seid, dreh ich sie wieder rauf«, murmelte er achselzuckend.

»Warum?«, fragte Jesahja ihn. »Was soll der Krach?«

»Das geht euch gar nichts an!«, knurrte der Junge.

Jesahja ließ sich allerdings nicht abschrecken. »Ich bin Jesahja«, stellte er sich vor. »Und das sind Lilli, Bonsai und Frau von Schmidt.«

Der Junge lachte abschätzig. »*Von Schmidt* … beknackter Name.«

»Wie heißt du?«, wollte Lilli wissen.

»Mein Name ist Shocking Jonas«, erwiderte der Junge. »Und wenn ihr mich nervt, findet ihr heraus, warum ich so heiße!«

Sollte das eine Drohung sein? Diesmal hatte Lilli aber keine Angst vor dem Jungen. Immerhin waren sie zu viert.

»In Ordnung, Shocking Jonas«, sagte Jesahja. »Eine Frage: Kannst du nicht drüben am Oststrand Musik hören? Hier –«

»Nein, kann ich nicht!«, schnitt Shocking Jonas ihm das Wort ab. »Drüben würde es die Seehunde nicht so stören – und das ist ja der Sinn der Sache!«

Lilli traute ihren Ohren kaum. »Du machst hier extra so viel Krach –, *damit* die Seehunde gestört werden?«

»Genauso ist es.« Shocking Jonas verzog das Gesicht. »Die Seehunde müssen weg.«

»Wieso müssen sie weg?«, hakte Jesahja nach, und Lilli fragte sich, wie er so ruhig bleiben konnte. Sie kochte innerlich vor Wut!

»Weil uns die verdammten Viecher tierisch Ärger einbringen!« Shocking Jonas' Augen verengten sich. »Im ganzen westlichen Küstengebiet darf man nicht mehr fischen! Und dabei ist das der einzige Bereich, in dem überhaupt noch genügend Fisch da ist. Weiter draußen oder vor dem Oststrand ist alles so gut wie leergefischt.«

Jesahja ging ein Licht auf. »Gehörst du zu einer der Fischerfamilien von Oberlinsenhusen?«

»Ja, das tue ich.« Shocking Jonas stand auf, als sei er sehr stolz darauf. »Ich bin ein Strobeck – und das bedeutet hier im Ort was!«

Nun wurde Lilli einiges klar. Shocking Jonas musste der Sohn des fiesen Fischlieferanten sein. »Und du denkst, dass die Seehunde verschwinden, wenn du hier ständig laute Musik spielst?« Sie konnte noch immer kaum glauben, dass jemand den Tieren absichtlich schaden wollte.

»Ich tu eben, was ich kann, damit dieses verfluchte Sperrgebiet wegkommt.« Shocking Jonas schien fast mehr mit sich selbst zu sprechen. »Wenn mein Vater nicht hier vor der Westküste fischen kann, muss er die Fischerei an den Nagel hängen. Dann ist er arbeitslos. Und dabei hat schon mein Ururgroßvater hier gefischt!«

»Das ist natürlich blöd«, lenkte Jesahja ein. »Aber du kannst die Seehunde kaum allesamt vertreiben …«

»Ach, und woher weißt du das, du Schlauberger?«, schnappte Shocking Jonas. »Wenn ich ihnen jeden Tag mit der Musik auf den Senkel gehe, verziehen sie sich vielleicht und suchen sich einen anderen Strand!«

Lilli knirschte vor Zorn mit den Zähnen. Wie lange dröhnte er hier schon jeden Tag mit seiner Box herum? »Wo sollen die Seehunde denn hin?«, fragte sie Shocking Jonas und musste sich sehr zusammenreißen, um ihn nicht anzufauchen wie Frau von Schmidt die Nordsee. »Wenn sie sich wirklich einen anderen Strand und ein anderes Gewässer suchen würden, hätten die Leute, die dort wohnen, bestimmt auch ein Problem damit.«

»Aber dann wäre es zumindest nicht mehr unser Problem«, entgegnete Shocking Jonas barsch. »Hier geht es um das Auskommen einer ganzen Familie – um das von drei Fischerfamilien sogar! Das ist doch wichtiger als ein paar Tiere, oder?«

Da war Lilli anderer Meinung. Immerhin gab es überhaupt deshalb nur noch so wenig Fisch im Meer, weil Fischer und Fangflotten zu lange viel zu viel gefischt hatten!

Aber bevor sie das sagen konnte, hörte sie auf einmal eine weitentfernte Stimme. »Nein, o nein!«

Bonsai spitzte die Ohren. »Lilli!«, vermeldete er. »Da schreit einer!«

»Wo bist du nur?«, rief die Stimme, die ganz verzweifelt klang. »Bitte, komm zurück! O bitte, sag doch was …«

»Da bellt ein Hund!«, kläffte Bonsai. »Ein ganz heiserer!«

Lillis Herzschlag beschleunigte sich. »Ich glaube, das ist ein Seehund«, stieß sie hervor.

»Ja, ein Hund!« Bonsai war ganz aufgeregt. »Aber er klingt komisch! So … grölig.«

Lilli schaute Jesahja an. »Sind Seehunde und Hunde irgendwie verwandt?«

»Ja, Seehunde gehören zur Familie der *Hundeartigen*«, antwortete Jesahja sofort. »Wieso? Kann Bonsai den Seehund verstehen?«

»Worüber redet ihr?«, mischte Shocking Jonas sich ein. »Habt ihr sie noch alle? Euer Köter versteht … wen?«

Jesahja lächelte lässig. »Bonsai versteht den Seehund, der da ruft. Und das wissen wir, weil Lilli mit Tieren sprechen kann.«

Shocking Jonas war so geschockt, dass er mit offenem Mund dastand.

Da hörte Lilli den Seehund wieder rufen. »O bitte! Das darf einfach nicht wahr sein. Komm doch!«

»Mein lieber Scholli, da braucht jemand dringend Hilfe!« Bonsai richtete sich kerzengerade auf. »Ich rette dich!«, bellte er in Richtung der Stimme. »Wo bist du?«

Der Seehund rief wieder etwas, aber er schien jetzt noch weiter entfernt zu sein, und Lilli verstand ihn nicht mehr richtig.

Bonsai scharrte mit den Hinterläufen im Sand. »Ich bin schon auf dem Weg! Ich kommeee!« Damit preschte er los.

Lilli warf Jesahja einen kurzen Blick zu, dann machten sie, dass sie hinterherkamen. Frau von Schmidt stürmte ebenfalls mit. Und zu Lillis Überraschung lief auch Shocking Jonas hinter ihnen her. War er neugierig geworden? Wie auch immer – sie mussten unbedingt den Seehund finden, der so verzweifelt gerufen hatte. Was war nur los? Ob sie ihm irgendwie helfen konnten?

Riri

Bonsai flitzte voran. Lilli, Jesahja, Frau von Schmidt und Shocking Jonas rannten hinterdrein.

Da hörte Lilli den Seehund wieder rufen. Diesmal klang er schon viel näher! »Nein, o nein! Bitte … das darf nicht wahr sein!« Je weiter sie liefen, desto weniger Menschen begegneten sie – bestimmt, weil der Strand hier deutlich steiniger war.

Und dann sahen sie das Tier. Es war ein Seehundweibchen mit graugesprenkeltem Fell und schneeweißen Barthaaren. Völlig außer sich robbte es am Fuße einer Düne durch den kieseligen Sand und suchte anscheinend nach etwas. »Wo bist du? Bitte sag doch was!«

Bonsai war zuerst bei ihr. »Hey!«, kläffte er. »Warst du es, die um Hilfe gerufen hat? Du bist ja gar kein Hund!« Erstaunt blieb er vor der Seehündin stehen und musterte sie. »Sind deine Beine kaputt? Warum rutschst du auf dem Bauch rum?«

Die Seehündin beachtete ihn kaum. »Nein, o nein …«

»Nur keinen Stress!« Bonsai kam näher. »Ich bin ja jetzt da, um dich zu retten.«

Die Seehündin ging nicht darauf ein, sondern robbte weiter. »Wo bist du?«, grölte sie aufgewühlt.

Bonsai stemmte die Vorderpfoten in den Sand. »Wie gesagt: Ich bin ja jetzt da. Also, ich bin hier. Du musst nicht mehr suchen.«

Da erreichten Lilli und die anderen die Seehündin. Das Tier erschrak über das plötzliche Auftauchen der Menschen und versuchte davonzurobben.

»Nein, warte!«, hielt Lilli es zurück. »Vielleicht kann ich dir helfen!«

Die Seehündin wandte sich um. Als sie Lilli nun richtig ansah, wurden ihre Augen groß. »Du … du bist … du hast …« Mehr brachte sie nicht heraus.

Lilli ging zu ihr. »Ich bin Lilli«, sagte sie behutsam. »Ich kann mit Tieren sprechen.«

Sie hörte, wie Shocking Jonas hinter ihr nach Luft schnappte, als könne er es noch immer nicht fassen.

Die Seehündin schnupperte an Lillis Hand. »Du … du bist keine Gefahr?«

»Nein, ich tue dir nichts«, versprach Lilli.

»Gut.« Die Seehündin wirkte erleichtert. »Ich bin Riri.«

Hinter sich hörte Lilli Frau von Schmidt fasziniert miauen. »Gütiger Himmel! Was für überwältigend prächtige Schnurrhaare diese Bart-Dame hat!«

Der weiße »Bart« der Seehündin war wirklich toll. »Hallo Riri«, sagte Lilli und kam noch etwas näher an das Tier heran. »Ich habe dich schreien gehört und möchte dir helfen. Wen suchst du denn?«

»Mich!«, bellte Bonsai im Brustton der Überzeugung.

Doch Riri antwortete: »Mein Kind! Mein Baby ist weg!«

Lilli zuckte zusammen. »Dein Baby?«

»Ja, ich hatte es in den Dünen versteckt, bevor ich auf Futtersuche gegangen bin«, erwiderte Riri. »Es kann noch nicht so gut schwimmen, und ich brauche immer lange, bis ich etwas zum Fressen finde. Es gibt so wenig Fisch! Die Zweibeiner mit den Seil-Fallen holen sich fast alles. Ich musste auch dieses Mal sehr weit rausschwimmen, um etwas zu finden. Ich war lange fort ...« Das Tier grämte sich offenbar sehr. »Und als ich wiederkam, war mein Baby weg! Ich habe es überall gesucht, ich habe gerufen ... aber es ist verschwunden!«

Lilli war ganz erschrocken.

Bonsai schien wild entschlossen, Riri zu helfen –, auch wenn nicht er es war, den sie suchte. »Wie sieht dein Knirps denn aus?«, erkundigte er sich. »Der hat doch bestimmt ein Gesicht, oder?«

Riri erwiderte: »Ja. Ein sehr schönes!«

»Aha. Gut, gut«, schnuffte Bonsai. »Erzähl mir mehr. Wo ist bei dem die Nase?«

»Das Gesicht ist ganz vorn, und die Nase ist da mittendrin«, gab Riri zur Antwort.

»Mhm, so so.« Bonsai wollte sich alles genau merken. »Und sonst? Rutscht dein Knirps auch nur auf dem Bauch durch die Gegend?«

»Ja, natürlich.«

»Liegt in der Familie, hm?«

»Beine stören beim Schwimmen nur.«

»Quatsch. Ohne Beine könnte ich gar nicht schwimmen!«

»Du kannst schwimmen? Aber du hast doch Beine!«

Lilli unterbrach die Unterhaltung der beiden. »Kannst du uns noch mehr über dein Junges verraten?«, fragte sie Riri. »Gibt es irgendwelche Besonderheiten?«

Die Seehündin überlegte. »Es ist schön grau, und eine Flosse ist bei ihm ein bisschen kleiner als die andere.«

»Oh, das ist ein guter Hinweis!« Lilli übersetzte alles für Jesahja. Shocking Jonas hörte ebenfalls zu und rieb sich den Kopf, als habe er ihn sich gestoßen. Anscheinend staunte er immer noch. Doch er wirkte auch nachdenklich.

»Seehundmütter müssen ihren Nachwuchs

immer wieder allein lassen, um auf Futtersuche zu gehen«, erklärte Jesahja. »Eigentlich warten die Jungtiere aber ganz brav, bis die Mutter wiederkommt. Wenn sie allerdings übermäßig lange gebraucht hat, weil sie keinen Fisch zum Fressen gefunden hat, ist das Junge vielleicht auf die Suche nach ihr gegangen.«

Frau von Schmidt, die Lilli ebenfalls gelauscht hatte, fragte nun: »Tja, wo könnte der Abkömmling der Bartdame sein?« Sie blickte sich um. »Wenn man rutscht, ist man im Vorankommen ja recht eingeschränkt.«

Die Katze hatte recht. Das Seehundbaby konnte eigentlich nicht weit gekommen sein. »Wir müssen es suchen!«, sagte Lilli.

Riri horchte auf. »Ihr helft mir, mein Baby zu finden?«

»Ja, wir helfen dir.« Lilli straffte sich. »Wir schwärmen aus. Jeder sucht in einer anderen Richtung.« Fragend schaute sie zu Shocking Jonas. »Machst du mit?«

»Ich?« Abwehrend hob er die Hände. »Nein, auf keinen Fall!«

»Wieso nicht?«, fragte Jesahja, und in seinem Tonfall schwang Ungeduld mit.

»Wenn mein Vater erfährt, dass ich einem Seehund geholfen habe, flippt er aus!« Während Shocking Jonas sprach, wich er ein paar Schritte zurück, als hätte er Angst, dass Lilli und Jesahja ihn überzeugen könnten. »Ich … muss jetzt gehen«, murmelte er und machte sich aus dem Staub.

Lilli sah ihm nach und ärgerte sich über diesen Jungen und seine Familie. Aber dann konzentrierte sie sich auf das vermisste Seehundbaby. »Bonsai, du übernimmst die Dünen dort drüben!«, trug sie ihrem Hund auf und wies nach rechts.

Vor Begeisterung stellte Bonsai sich auf die Hinterbeine. »Yo! Ich rette den Knirps!«, tönte er und schoss davon.

»Ich entscheide natürlich selbst, wo ich suche«, ließ Frau von Schmidt sie wissen und blickte sich um. »Ich werde mich dort drüben umschauen.« Mit diesen Worten trippelte sie den Strand hinab.

Als Lilli gerade überlegte, wo sie selbst suchen sollte, sagte Jesahja: »Ich habe eine Idee.«

Lilli lächelte, denn sie ahnte, woran er dachte. »Die Vögel«, sagte sie. »Lotterich und die anderen könnten uns noch mal helfen und den Strand nach dem Seehundbaby absuchen! Aus der Luft sieht man viel mehr …«

Jesahja grinste. »Genau.«

Da grölte Riri: »Bitte, macht schnell! Ich bin ganz verrückt vor Sorge!«

Lilli holte tief Luft. »Ihr Vögel!«, rief sie, so laut sie konnte. »Kommt alle her! Wir brauchen noch mal eure Hilfe!«

Es verging keine Minute, da zischte Lotterich heran. »Hier bist du, die Lilli!«, trillerte er. »Ich hab dich schon gesucht, weil ich dich nicht mehr gefunden habe!«

Im nächsten Augenblick landeten zwei Möwen neben ihm und dann noch ein weiterer Austernfischer. Sogar ein Sperling kam herangehüpft. »Was gibt's?«, zwitscherte er.

Lilli erklärte den Vögeln das Problem und bat sie darum, über das gesamte Gebiet zu fliegen und nach dem Seehundbaby Ausschau zu halten. Da Seehundjunge eigentlich erst im Juni oder Juli geboren wurden, gab es bestimmt nicht so viele andere, mit denen man das Junge dieser Seehundmutter verwechseln konnte.

»Noch ein Gefallen, hui!«, freute sich Lotterich. »Mein Herz pumpt vor Freude ganz verrückt schnell, als wolle es ganz unbedingt ganz entschieden schnell pumpen, das Herz.«

»Meins auch!«, sagte Lilli und machte Lotterich damit offenbar eine große Freude. Kreischend vor Glück schoss er davon.

Lilli und Jesahja suchten nun ebenfalls getrennt in den Dünen und am Strand. Lilli hoffte inständig, dass einer von ihnen Riris Kind entdecken würde. Doch in ihrem Suchbereich war weit und breit kein Seehund zu sehen. Die Vögel kamen immer wieder zu ihr und erstatteten Bericht. »Kein Seehunddings nirgendwo«, hieß es da, und: »Vielleicht ist das Baby weggeflogen.«

Lilli wurde immer frustrierter, und nach einiger Zeit kehrte sie zu der Stelle zurück, an der sie Riri verlassen hatte. Die war mittlerweile ein ganzes Stück den Strand hinabgerobbt und rief noch immer verzweifelt nach ihrem Kind.

Jesahja entdeckte Lilli und kam gemeinsam mit Frau von Schmidt zu ihr. »Nichts?« Als sie den Kopf schüttelte, sagte er: »Bei mir auch nicht.«

Erschöpft und enttäuscht ließ Lilli sich im

Sand nieder und starrte aufs Meer. »Könnte das Seehundjunge allein ins Wasser gegangen sein?«

Jesahja setzte sich neben sie, ebenso wie Frau von Schmidt, die murmelte: »Zeit für ein Nickerchen.« Sie spazierte geradewegs auf Lillis Schoß, rollte sich zusammen und schloss die Augen.

»Ich weiß nicht, ob Seehundbabys allein ins Wasser gehen würden, wenn die Mutter lange nicht zurückkommt.« Jesahja wirkte ganz zerknirscht. »Darüber hab ich noch nie was gelesen.« Mit steiler Falte zwischen den Augenbrauen holte er sein Handy heraus und begann, darauf herumzutippen. Bestimmt suchte er nach der Antwort auf diese Frage.

Da kam Bonsai mit heraushängender Zunge zu ihnen zurück. »Heiliger Dingdong!«, rief er. »Hier wohnen ein paar echt abgefahrene Typen! Da war so ein komischer Heini mit tierisch vielen Füßen und so Zangen vorne dran!«

»Eine Strandkrabbe?«, fragte Lilli.

»Keine Ahnung, wie der hieß.« Bonsai setzte sich. »Komisch war der, aber auch irgendwie saucool.«

Lilli fragte: »Ein Seehundbaby hast du aber nicht entdeckt?«

»Nee, den Knirps von der Rutsch-Tante hab ich leider nicht gefunden.«

Lilli senkte den Kopf. In der Ferne hörte sie Riri noch immer rufen. Es brach ihr regelrecht das Herz.

»Hier!«, sagte Jesahja. »Hier habe ich einen Artikel gefunden, in dem es um verschwundene Seehundbabys geht.«

Lilli horchte auf. Das klang ja wie ein Detektivfall! »Es sind noch mehr Babys verschwunden?«

Jesahja nickte, während er den Artikel überflog. »Das kommt anscheinend öfter vor.«

»Und man weiß nicht, weswegen?«, hakte Lilli verdutzt nach.

»Moment ...« Jesahja las zu Ende, dann steckte er das Handy weg. »Doch, man weiß, weshalb sie verschwinden.« Seiner Miene nach hatte er das Rätsel gelöst, und Lilli war nun mächtig gespannt. »Es ist so, dass Menschen immer wieder in Schutzgebiete für Seehunde eindringen«, erklärte Jesahja. »Es gibt keine größere Gefahr für Seehunde als Menschen.«

Ungeduldig nickte Lilli. Das wussten sie doch eigentlich schon. »Was hat das mit den verschwundenen Babys zu tun?«

»Die Leute, die einfach in die Schutzgebiete hineinspazieren, finden manchmal ein einsames Seehundjunges und denken, dass es von seiner Mutter verlassen wurde«, fuhr Jesahja fort. »In der Regel wurde es aber gar nicht verlassen. Seehundmütter brauchen inzwischen bloß immer länger, um Nahrung zu finden, und müssen ihre Kinder daher oft sehr lange allein lassen. Die Menschen denken dann, die Mutter würde nicht wiederkommen, und nehmen das Junge mit.«

Bestürzt schlug Lilli die Hand vor den Mund. »Sie klauen das Baby?«

»Die Menschen denken, sie würden etwas Gutes tun«, erläuterte Jesahja. »Sie glauben, das Junge würde sonst sterben. Das stimmt allerdings gar nicht.«

»Aber was machen die Leute denn dann mit dem Kleinen? Sie nehmen es doch wohl nicht mit nach Hause, oder?«

»In dem Artikel stand, dass sie es meistens in einen Zoo oder zu einem Tierarzt bringen. Oder zu …«

Lilli riss die Augen auf. »Zu einer Seehundstation?«

»Ganz genau.«

»Das ist es!«, rief Lilli. »Das ist bestimmt das, was passiert ist! Menschen müssen das Baby gefunden und gedacht haben, es sei ein Waisenkind. Und dann haben sie es zur Seehundstation gebracht! Wenn es hier in der Gegend schon extra so was gibt – wieso sollten sie es woanders hinbringen?« Aufgeregt schaute sie Jesahja an. »Wir müssen da sofort hin!«

Jesahja nickte. »Worauf warten wir?«

Seehundstation Unterplunderdonk

Lilli und Jesahja sprangen auf, und Frau von Schmidt erwachte aus ihrem Nickerchen, als Lilli sie auf dem Boden absetzte. »Was für eine schändlich abrupte Hastigkeit!«, beschwerte sie sich. »Können Sie mich denn nicht vorsichtig wachstreicheln?«

»Wir müssen sofort zur Seehundstation!«, erklärte Lilli. »Kommen Sie mit! Bonsai, du auch!«

Bonsai hüpfte auf, und als sie zu laufen begannen, schloss sich Frau von Schmidt ihnen ebenfalls an. »Unbequemlichkeit!«, giftete sie jedoch dabei. »Eine dermaßen unbeherrschte Überstürzung ist ein haarsträubender Skandal!«

Sie rannten in die Richtung, aus der sie Riri zuletzt gehört hatten. Lilli wollte der Seehündin erzählen, dass sie eine Vermutung hatten, wo ihr Baby sein könnte. Doch Riri war nirgendwo mehr zu sehen.

»Verdammt!«, fluchte Lilli. »Was machen wir jetzt?«

»Wir fahren erst mal zur Station und reden mit den Leuten dort.« In Jesahjas Kopf schien es zu arbeiten. »Bestimmt bringen sie das Jungtier direkt mit uns zusammen hierhin zurück, und dann suchen wir Riri gemeinsam.«

Lilli fiel auch nichts Besseres ein, und so machten sie sich auf den Weg. Im Eiltempo liefen sie den gesamten Weststrand entlang, am Kanuverleih vorbei, über den Oststrand und zurück zum Hotel. Als sie dort ankamen, waren sie völlig aus der Puste, stürmten aber dennoch gleich zu den Zimmern. Lillis Eltern und Oma waren allerdings nicht da. Auch im Speiseraum fanden sie sie nicht. Wahrscheinlich saßen sie irgendwo in einem Strandkorb und genossen die Sonne.

»Wir haben keine Zeit, sie zu suchen und ihnen alles zu erzählen«, sagte Jesahja. »Wenn ein Seehundjunges einmal in der Obhut von Menschen ist, wird es mit jeder Stunde schwieriger, es wieder mit seiner Mutter zu vereinen.« Bestimmt hatte er das auch in dem Artikel gelesen. »Je mehr das Junge nach Mensch riecht, desto unwahrscheinlicher wird es, dass seine Mutter es zurücknimmt!«

»Dann lass uns sofort zur Station fahren!« Lilli hatte Riris herzzerreißende Rufe noch im Ohr. Sie durften keine Minute verlieren!

Jesahja brachte mit Hilfe seines Handys die Adresse der Seehundstation in Erfahrung, die sich im Nachbarort Unterplunderdonk befand. Das war nicht allzu weit entfernt.

»Nehmen wir die Räder, damit geht es am schnellsten«, schlug Lilli vor. Zum Glück hatte Familie Susewind die Fahrräder für die gesamte Woche gemietet. Schnell holten sie sich hinter der Rezeption ihre Helme und schwangen sich auf die Sättel. Lilli hatte sich das Lastenrad ihrer Mutter genommen und wartete auf Bonsai und Frau von Schmidt, die in den großen Korb sprangen.

»Bitte fahren Sie langsam und gesittet«, gebot

Frau von Schmidt. »Es könnte sein, dass meine Stimmung sich sonst rapide verschlechtert, und das möchten Sie doch bestimmt nicht.«

Dieses Risiko nahm Lilli aber in Kauf und trat fest in die Pedale.

Nach zwanzig Minuten erreichten sie die Anlage, über deren Eingang in großen Buchstaben *Seehundstation Unterplunderdonk* geschrieben stand. Eine Mauer umgab das Gelände, doch als Lilli sich auf die Zehenspitzen stellte, konnte sie ein paar Außenbecken und Gehege erkennen. Allerdings schien alles verwaist zu sein. Wo waren die Seehunde?

Rasch stellten sie ihre Räder ab, und Bonsai und Frau von Schmidt hopsten aus dem Lastenkorb.

»Lilli! Mannomann!«, bellte Bonsai. »Was machen wir denn hier? Soll ich gleich mal was markieren? Ja, oder? Kann ja nicht schaden.« Schon hob er das Bein und pinkelte an die Mauer.

»Ihre Fahrkünste sind wahrhaftig grauenvoll, Madame«, muffelte Frau von Schmidt. »Die Beförderungssänfte ist die ganze Zeit gehoppelt und gehupft! Jetzt sind meine armen Nerven völlig überstrapaziert. Was soll ich nur tun?«

Lilli musste nicht lange überlegen. »Wie wäre es, wenn Sie sich im Fahrradkorb etwas ausruhen würden, während wir in das Gebäude hineingehen? Dann können sich Ihre Nerven kolossal beruhigen.«

... und Sie können uns außerdem nicht in der Station abhandenkommen, fügte Lilli in Gedanken hinzu.

»Was für eine vortreffliche Idee!«, miaute die Katze und kletterte zurück in den Korb.

Lilli nickte Jesahja zu, und gemeinsam mit Bonsai betraten sie durch eine gläserne Schwingtür das Haupthaus. Im Eingangsbereich herrschte gähnende Leere, bis auf einen Mann, der hinter einer Empfangstheke saß und in ein Buch vertieft war. Er blickte erst auf, als sie direkt vor ihm standen und Jesahja sich räusperte.

»Guten Tag«, sagte Jesahja. »Wir suchen ein Seehundjunges, das heute am Weststrand von Oberlinsenhusen verschwunden ist.«

Der Mann musterte ihn über den Rand seiner Lesebrille. »Wir haben noch keine Heuler«, entgegnete er. »Ist zu früh im Jahr für Jungtiere.« Damit war für ihn wohl alles gesagt, und er steckte die Nase wieder in sein Buch.

»Das ist der Grund, warum draußen in den

Gehegen keine Seehunde sind?«, erkundigte sich Lilli.

»Im Hauptbecken sind ein paar ältere Tiere«, antwortete der Mann, ohne aufzuschauen. »Irgendwas müssen die Besucher sich ja ankucken können.« Jetzt hob er wieder den Blick. »Seid ihr Besucher? Dann kommt zu den normalen Öffnungszeiten wieder.« Er wies auf ein Infoschild. »Wir haben ab 17.00 Uhr geöffnet.«

»Nein, wir sind keine Besucher«, erwiderte Jesahja. »Wir müssen unbedingt das verschwundene Seehundjunge finden.«

»Ich weiß nichts von einem neuen Jungen.« Der Tonfall des Mannes wurde langsam unwirsch. »Wenn vor meiner Schicht ein Heuler gebracht wurde, hat man vergessen, mir Bescheid zu sagen.« Die Vorstellung verärgerte ihn sichtlich, brachte ihn aber offenbar nicht dazu nachzuforschen, ob tatsächlich ein Seehundjunges in der Station abgegeben worden war. »Kommt um 17.00 Uhr wieder!«

Der Mann blickte sie so finster über den Rand seiner Brille hinweg an, dass ihnen nichts anderes übrigblieb, als die Seehundstation zu verlassen. Frustriert schlurften sie hinaus. Dort stellte

Lilli fest, dass Bonsai fehlte. Sie drehte sich nach ihm um und sah, wie er gerade durch die sich schließende Schwingtür auf sie zu flitzte.

»Alter Schwede!«, kläffte er. »Lilli! Der Knirps von der Rutsch-Tante ist da drin!«

»Was? Wirklich?« Lillis Herzschlag beschleunigte sich. »Hast du dich etwa reingeschlichen?«

»Yo!«, hechelte Bonsai. »Während ihr mit der Buch-Pfeife geredet habt, bin ich einfach rein und hab mich umgekuckt.«

Lilli konnte es kaum glauben. »Und du hast das Seehundbaby gefunden?«

Jesahja hob die Brauen. »Hat er?«

»Ja, hab ich!« Vor Begeisterung drehte Bonsai sich einmal um die eigene Achse. »Da war nur ein einziger Knirps, aber es muss der richtige gewesen sein. Er hatte nämlich die Nase mitten im Gesicht und ist auf dem Bauch rumgerutscht!«

Lilli wollte schon einwerfen, dass das wohl bei allen Seehundjungen so wäre, da setzte Bonsai hinzu: »Und außerdem ist die eine Flosse bei dem kleiner als die andere.«

»Das muss es sein!« Lilli klatschte in die Hände. »Das ist Riris Kind!«

»Dann haben wir es gefunden!« Jesahja war

ebenso aufgeregt wie sie. »Aber wie kommen wir in die Station rein?« Er schaute durch die gläserne Schwingtür zu dem Mann hinter der Empfangstheke, der ihnen keinerlei Aufmerksamkeit mehr schenkte. »Hmm …« Jesahja kratzte sich am Hinterkopf. Das tat er immer, wenn er angestrengt nachdachte. »Sollen wir uns einfach vorbeischleichen?«

Lilli runzelte die Stirn. Jesahja hatte in Notsituationen zwar schon ausgefeiltere Pläne entwickelt, aber womöglich war Vorbeischleichen gar keine schlechte Idee. Allerdings konnten sie dabei erwischt werden. »Und wenn uns jemand bemerkt?«

»Dann sagen wir einfach, dass wir unseren Hund suchen.«

»Wir würden wahrscheinlich trotzdem Ärger kriegen …«, vermutete Lilli, fügte jedoch gleich hinzu: »Aber das ist es wert. Wir müssen zu dem Seehundbaby!«

»Also machen wir's!« Tatendurstig schnalzte Jesahja mit der Zunge. »Bereit?«

»Bereit!«

In geduckter Haltung öffneten sie die Schwingtür und huschten hindurch. Der Mann am Empfang blickte noch nicht einmal auf. Sein Buch musste unsagbar spannend sein.

Neben der Empfangstheke befand sich ein Besucherdrehkreuz, unter dem Lilli und Jesahja nun extrem langsam hindurchkrochen, denn sie wollten keine unnötigen Geräusche verursachen. Bonsai lief neben ihnen her und übernahm die Führung, sobald sie wieder auf den Füßen standen.

Gebückt schlichen sie dem kleinen Hund nach und bogen um eine Ecke. Dort richteten sie sich auf und sahen sich um. Sie befanden sich in einem Gang, von dem mehrere Türen abgingen. Es herrschte absolute Stille, und weit und breit war keine Menschenseele zu sehen.

»Hier lang!« Bonsai führte sie zum Ende des Ganges. Dort stand eine Tür offen, und durch diese verschwand der Hund.

Genau im selben Moment hörte Lilli ein heiseres und zugleich heulendes Rufen. »Musch musch!«

Ihr wurde heiß und kalt zugleich. Das musste das Seehundbaby sein! Sie wusste nicht, wieso sie sich derart sicher war, aber für sie bestand kein Zweifel daran, dass da gerade ein Jungtier gerufen hatte. Eilig folgten sie Bonsai und kamen in einen großen Raum, in dem sich mehrere durch Gitter getrennte Boxen befanden. Sämtliche Boxen waren leer – bis auf eine.

Zielstrebig steuerte Bonsai darauf zu. »Hier ist der Knirps!«, verkündete er stolz.

Lilli und Jesahja liefen hinüber. In der Box lag ein sehr kleines Seehundjunges. Sein silbriggraues Fell war noch ganz flauschig, und seine rechte Flosse war etwas kleiner als die linke. Mit seinen großen Knopfaugen blickte es Lilli neugierig an. »Musch!«, brachte es abermals einen heiser heulenden Ton hervor. »Musch musch!« Es konnte anscheinend noch nicht richtig sprechen.

Lilli hockte sich vor die Gitterstäbe. »Hallo«, sagte sie. »Wir möchten dich zu deiner Mama zurückbringen.«

»Musch!« Das Junge robbte näher. »Musch musch!«

Das hieß wahrscheinlich, dass es sich freute. Lilli sah sich um und wandte sich an Jesahja. »Wo sind die Leute, die hier arbeiten?«

»Das hab ich mich auch schon gefragt.« Jesahja schnitt eine Grimasse. »Wenn keiner hier ist, können wir auch niemanden darum bitten, das Seehundjunge mit uns zusammen zum Weststrand zurückzubringen.«

»Der Mann am Empfang würde bestimmt nein sagen, wenn wir ihn fragen«, murmelte Lilli. »Der schien mir alles andere als hilfsbereit.«

»Sehe ich auch so.« Jesahja seufzte. »Ich schaue mich mal um.« Er nahm eine große Tür ins Visier. »Vielleicht finde ich jemanden, mit dem man vernünftig reden kann.«

Während er durch die Tür verschwand, wandte Lilli sich Bonsai zu. »Das hast du wirklich super gemacht«, lobte sie ihn. »Danke, dass du das Junge für uns gefunden hast.«

»Kein Ding.« Bonsais Schwanz wedelte das Seehundbaby an. »Ist bei dir alles paletti, Knirps?«

»Musch musch!«

Bonsai legte den Kopf schief. »Öhm ...«

Kurz darauf kam Jesahja schon zurück. »Hier ist keiner!«, rief er kopfschüttelnd. »Im Flur da drüben hingen allerdings ein paar Zeitpläne. Das Seehundjunge ist vor einer halben Stunde erst gefüttert worden. Hunger hat es also wahrscheinlich nicht.«

»Das ist doch schon mal gut«, sagte Lilli, hatte jedoch das Gefühl, Jesahja würde als Nächstes »aber« sagen.

»Aber ...«, wandte Jesahja da auch schon ein, »auf dem Dienstplan stand, dass erst in drei Stunden wieder jemand vom Seehundteam kommt.«

Lilli stand auf. »So lange können wir nicht warten! Du hast doch gesagt, dass es mit jeder Stunde schwieriger wird, eine Seehundmutter und ihr Kind wieder zusammenzubringen!«

»Ja, genau«, bestätigte Jesahja.

Grübelnd richtete Lilli den Blick auf das Seehundbaby. »Denkst du, was ich denke?«, fragte sie schließlich.

Mit zusammengekniffenen Augen schaute Jesahja sie an. »Ich glaube, ja.« Er grinste.

Nach all den gemeinsam erlebten Abenteuern verstanden sie sich ganz ohne Worte. Und auch jetzt brauchten sie nicht zu sprechen, um sich einig zu werden, denn der kleine Seehund musste sofort zu seiner Mutter zurück! Wenn ihnen niemand von der Station dabei helfen konnte, dann würden sie ihn eben allein zu ihr bringen.

»Wir nehmen dich mit zu deiner Mama«, erklärte Lilli dem Seehundkind, während sie die Tür der Box öffnete.

Vertrauensvoll robbte das Kleine auf sie zu.

»Dürfen wir dich hochheben?«, fragte Lilli.

»Musch!«, war die Antwort.

Lilli hoffte, dass das »Ja« bedeutete. Sie nickte Jesahja zu, und gemeinsam hoben sie das Tier hoch. Obwohl es für ein Seehundjunges recht klein war, hätte Lilli es nicht allein tragen können.

Sie schleppten es durch den langen Gang zurück zum Eingangsbereich. An der Ecke vor dem Besucherdrehkreuz verschnauften sie kurz, und Lilli flüsterte Bonsai und dem Seehundbaby zu, dass sie ganz still sein sollten. Dann duckten sie sich wieder, schlichen auf Zehenspitzen ein paar Schritte, legten das Kleine vor dem Drehkreuz auf dem Boden ab und schoben es mit vereinten Kräften darunter hindurch.

Der Mann hinter der Empfangstheke bekam davon offenbar nichts mit, und Lilli freute sich schon. Doch als sie das Seehundjunge wieder hochnahmen und gebückt am Empfang vorbeihuschten, rief es unvermittelt: »Musch musch!«

Für jemanden, der nicht mit Tieren sprechen konnte, klang das wie ein krächzendes Grunzen.

Der Empfangsmann rührte sich. Lilli konnte ihn in ihrer geduckten Haltung nicht sehen, aber sie hörte seinen Stuhl quietschen.

»Bonsai!«, flüsterte Lilli ihrem Hund zu. »Tu so, als ob du gegrunzt hättest!«

»Jawollo!« Bonsai lief hinter die Empfangstheke und bellte: »Hey! Hast du dich gerade gewundert, wer da gegrunzt hat? Das war ich! Ich hab voll gegrunzt. Glaubst du nicht? Hör mal: Grunz, grunz, grunz …« Es klang ein bisschen, als ob er Husten hätte, aber das war egal: Der Mann ließ sich ablenken.

Lilli und Jesahja trugen das Seehundkind, so schnell sie konnten, durch die Schwingtür nach draußen und hetzten zu ihren Fahrrädern. Mit etwas Schwung platzierten sie das Kleine im Ladekorb von Lillis Rad. Was sie vergessen hatten, war, dass Frau von Schmidt dort ein Nickerchen hielt.

»Ahhh!«, schrie die Katze auf. »Wer … was?«

Neben ihr lag das Seehundbaby und blickte sie mit seinen Knopfaugen neugierig an. »Musch musch!«

»Das ist ja wohl nicht Ihr Ernst, Madame von Susewind!«, quietschte die Katze. »Sie hätten mich beinahe mit diesem Flauschmops zermalmt!«

»Das tut mir leid«, entschuldigte sich Lilli. »Aber das ist der Abkömmling der Bart-Dame vom Strand. Wir haben ihn gefunden!«

»Aha ... mhm.« Die Katze musste sich wohl erst überlegen, ob sie sich über diese Neuigkeit freute. »Nun gut, dann stellen Sie uns einander bitte vor, Madame.«

»Gern. Also, das hier ist ... ähäm ... Musch ... Muschelchen«, dachte sich Lilli schnell aus.

Das Seehundbaby grunzte und schnupperte an Frau von Schmidt.

Lilli deutete mit großer Geste auf die Katze. »Und das ist die berühmte, unübertrefflich imposante Frau von Schmidt.«

Der Katze schien diese Vorstellung zu gefallen, denn sie fing an zu schnurren. »Sehr erfreut, verehrtes Muschelchen. Sie können sich glücklich schätzen, meine Bekanntschaft zu machen. So jemanden wie mich trifft man nicht alle Tage!«

Verwirrt blickte Muschelchen sie an, denn es verstand garantiert kein einziges Wort Katzisch.

In diesem Augenblick erklang hinter ihnen eine Männerstimme. »Ihr seid ja immer noch hier!«

Es war der Mann vom Empfang. »Was macht ihr denn da?«

Entsetzt schauten Lilli und Jesahja sich an.

»Bleib du hier«, flüsterte Jesahja. »Ich mach das schon.« Er drehte um und lief dem Mann entgegen, der gerade durch die Schwingtür gekommen war. Hatte er gesehen, dass sie das Seehundjunge in den Lastenkorb gelegt hatten?

»Wir suchen unseren Hund!«, behauptete Jesahja. »Oh, da ist er ja!«

Bonsai stand schwanzwedelnd hinter dem Mann. »Ich hab die Buch-Pfeife abgelenkt, aber jetzt macht der Typ, was er will!«

»Euer Hund ist in der Station rumgelaufen!«, polterte der Mann. »Passt gefälligst besser auf ihn auf!«

Lilli fiel ein Stein vom Herzen. Er hatte nicht bemerkt, was direkt unter seiner Nase passiert war!

»Ja, Sie haben recht«, pflichtete Jesahja ihm bei. »Wir hätten ihn anleinen sollen. Total doof. Sorry.« Er nahm Bonsai auf den Arm. »Wir lassen ihn nicht noch mal ins Gebäude laufen.«

Grummelig blickte der Mann ihn an. Dann drehte er sich um und stiefelte ohne ein weiteres Wort in die Station zurück. Die Schwingtür fiel hinter ihm zu.

Lilli stöhnte erleichtert auf.

Jesahja kam mit Bonsai zu ihr. »O Mann …«, murmelte er und setzte den Hund ab, der neugierig in den Lastenkorb spähte.

»Huhu, Knirps!« Fix sprang Bonsai zu dem Seehundjungen und Frau von Schmidt in den Korb. »Supi, dass ich auch noch reinpasse!«

»Musch musch«, sagte Muschelchen freundlich.

Frau von Schmidt war weniger begeistert. »Diese Bedrängtheit ist in unermesslichem Grade … beengend!«, mäkelte sie. Als Bonsai ihr nun allerdings lieb über die Schnurrhaare schleckte, war sie besänftigt. »Ach, Herr von Bonsai, zum Glück haben Sie solch gute Manieren, dass eine beengte Bedrängung mit Ihnen geradewegs zur hochgradigen Erfreulichkeit wird.« Sie seufzte und legte sich wieder hin – die Vorderpfoten auf dem Bauch des Seehundjungen, da sonst kein Platz war.

Dem Kleinen machte das augenscheinlich

nichts aus. Er gluckste nur leise »Musch musch« und schloss ebenfalls die Augen.

Bonsai legte sich in eine winzige Lücke hinter der Katze und kuschelte sich brummelnd an sie. »Jetzt 'n kleines Päuschen ...«

Lilli war froh, dass die drei schliefen. So wie es aussah, würden sie sich gut vertragen. »Bringen wir das Baby so schnell wie möglich zu Riri zurück«, sagte sie zu Jesahja und stieg wieder auf ihr Rad.

Seehundrettung

Lilli und Jesahja fuhren auf direktem Weg zum Weststrand. Sobald sie die Seehunddünen erreichten, hielten sie an und stellten ihre Räder ab. Lilli schaute in den Lastenkorb, und der Anblick, der sich ihr bot, brachte sie zum Lächeln – Bonsai, Frau von Schmidt und der kleine Seehund hatten sich eng aneinandergekuschelt und schliefen tief und fest. »Wir sind da«, flüsterte sie.

Bonsais Ohren zuckten. »Oha!« Er war sofort hellwach und kletterte über Frau von Schmidt nach vorn.

»Herr von Bonsai!« Frau von Schmidt kicherte ein Katzenkichern. »Hi hi … Wollen Sie mich etwa auskitzeln?«

Bonsai rieb seinen Kopf an ihrem, dann gesellte er sich zu Lilli. »Der Knirps kommt jetzt wieder zu seiner Mutti?«

»Genau.« Lilli zog das Seehundbaby vorsichtig nach vorn und hob es gemeinsam mit Jesahja heraus.

»Musch musch!« Aufgeregt blickte Muschelchen sich um. Ob es seinen Heimatstrand wiedererkannte?

Mit vereinten Kräften hievten Lilli und Jesahja es die Düne hinauf. Als sie oben ankamen, machten sie kurz Pause. »Wir sind ziemlich nah an der Stelle, an der wir Riri getroffen haben«, stellte Lilli fest.

»Zum Donnermeier!«, hörte sie ein erfreutes Trillern. »Endlich! Du warst total lange weg und mein Herz hat sich voll doll gewunden vor Vermissensschmerz und gar nicht mehr so voll doll vor Glück gepumpt wie vorher, das Herz!« Lotterich landete vor ihr. »Schön, dass du wieder da bist, die Lilli!«

Lilli lächelte. »Lotterich, könntest du mal herumfliegen und kucken, wo Riri ist?«, ergriff sie die Gelegenheit beim Schopf.

Jetzt erst schien der Austernfischer das Seehundjunge wahrzunehmen. »Potztausend! Ihr habt den kleinen Wutz von der Mama gefunden!«, zwitscherte er. »Jetzt müssen wir die Mama zu dem Wutz finden? Ist bestimmt kein Problem. Ich kuck mal. Total gerne! So richtig gerne!« Gewichtig schlug er mit den Flügeln und erhob sich in die Luft.

Lilli und Jesahja trugen Muschelchen weiter und ließen das Seehundkind erst zu Boden, als sie den Rand der Dünen erreicht hatten und den Strand vor sich sahen. Lilli lauschte angestrengt. So schrecklich Riris verzweifelte Rufe auch gewesen waren – jetzt hätte sie sie gern noch einmal gehört. Wo war die Seehündin bloß?

Kurz darauf kam Lotterich zu ihr zurück. »Ich habe gute Neuigkeiten! Sie sind sogar entschieden schön, die Neuigkeiten!«

»Ja? Sag schon!«, bat Lilli.

»Also gut: Ich hab die Mama gesehen!«

»Wirklich? Wo ist sie?«

Muschelchen ruckte mit dem Kopf auf und ab. »Musch musch!«

Beruhigend streichelte Lilli es. »Wo hast du sie gesehen, Lotterich?«

Bonsai wedelte mit dem Schwanz. »Der abgenudelte Flug-Fritze hat die Mutti gefunden? Krass. Der muss 'ne echt gute Spürnase haben!«

Lotterich krächzte: »Die Mama ist gerade ins Meer gerutscht. Ich hab sie gesehen, bevor sie in den Wellen abgetaucht ist!«

»O nein! Bist du sicher, dass sie es war?«

»Na ja, es war die, die hier heute Mittag so rumgeheult hat«, erwiderte der Vogel.

»Dann muss sie es gewesen sein!«

»Ich flieg jetzt noch mal los«, zirpte Lotterich. »Ich kucke, ob ich ein schönes Dings für dich finde. Das schönste von allen, das so schön ist, dass du es gar nicht nicht schön finden kannst!« Schon war er wieder fort.

Lilli übersetzte für Jesahja und die Tiere, was Lotterich gesagt hatte, und schloss mit den Worten: »Wenn Riri jetzt im Wasser ist, wie sollen wir sie dann finden?«

»Wir nehmen ein Kanu!«, rief Jesahja unversehens.

Lilli stutzte. »Ein … ja! Das ist eine super Idee!«

»Wir fahren mit einem Kanu raus, und du rufst nach Riri!« Jesahja schnippte mit den Fingern, als freue er sich über seinen eigenen Einfall. »Draußen auf dem Meer hört sie dich bestimmt auch viel besser als am Strand. Wasser überträgt Schall weiter und schneller als Luft!«

»Aber was ist mit Muschelchen?«

»So hast du es genannt?« Jesahja grinste. »Also, ich finde, wir sollten Muschelchen auf keinen Fall allein am Strand lassen. Sonst bringt es womöglich wieder jemand zur Station …«

Lilli warf einen Blick auf das Seehundjunge, das im Sand neben Bonsai lag.

»Keine Sorge, deine Mutti kommt bestimmt gleich, Knirpsi«, hechelte Bonsai dem Kleinen zu und schleckte ihm über die Schnauze.

Das brachte Lilli auf eine Idee. »Bonsai, könntest du bei dem Jungen bleiben, während Jesahja und ich nach Riri suchen?«

»Klar, kein Ding!«, antwortete Bonsai. »Ich pass auf den Knirps auf. Kannst dich auf mich verlassen!«

»Nun denn, eilen Sie hinfort!«, schaltete Frau von Schmidt sich ein. »Ich werde derweil auf Herrn von Bonsai aufpassen.«

»In Ordnung, dann bleibt ihr alle drei hier«, stimmte Lilli zu. »Hütet das Seehundkind wie euer eigenes, ja?«

»Oki doki!«, rief Bonsai. »Ich mach dem Knirps den Papa.«

»Musch musch!« Spielerisch stupste Muschelchen Bonsai an.

Bonsai stupste behutsam zurück, und Frau von Schmidt murmelte: »Ich hüte einfach alle. Ach, was täte die Welt nur ohne mich?«

»Gut. Wir kommen so schnell wie möglich zurück!«, versprach Lilli und stürmte mit Jesahja los, die Düne hinab und den Weststrand entlang in Richtung des Kanuverleihs. Je näher sie dem Oststrand kamen, desto mehr Urlauber hielten sich auch wieder im Seehundgebiet auf. Während sie an den Leuten vorbeipreschten, dachte Lilli, dass sie dagegen auch irgendwann etwas unternehmen mussten. Doch jetzt war erst einmal das Wichtigste, Riri zu finden.

Ganz außer Atem erreichten sie wenig später den Kanuverleih, der sich am Fuße einer Düne befand. Dort arbeitete eine Frau mit wettergegerbtem Gesicht, die in schnodderigem Tonfall »Moin« sagte. »Wollt ihr 'n Kanu?«

Lilli stützte sich mit den Händen auf ihren Oberschenkeln ab und rang nach Luft. »Ja«, ächzte sie.

Die Frau nickte. »Für wie lange?«

»Etwa eine Stunde«, japste Jesahja.

»Ihr bekommt das hier.« Die Frau zeigte auf einen schmuddelig wirkenden Zweisitzer mit abblätternder gelber Farbe und zog zwei große Paddel aus einer Kiste. Dann leierte sie Anweisungen herunter. »Immer schön sitzen bleiben und nicht aufstehen, keinesfalls die Schwimmwesten ausziehen und den anderen Booten nicht zu nah kommen!« Während sie sprach, händigte sie ihnen zwei Schwimmwesten aus, die Lilli und Jesahja sich sogleich überstreiften. »Und jetzt kriege ich zehn Euro von euch«, fügte die Frau hinzu und hielt die Hand auf.

Zum Glück hatte Jesahja Geld dabei. Er gab der Frau einen Zehner, und diese überreichte ihnen dafür die Paddel. Währenddessen erklärte sie ihnen, dass einer von ihnen auf der rechten Seite und die andere links paddeln sollte. »Zum Wasser müsst ihr es selbst tragen«, hängte sie achselzuckend an.

Lilli und Jesahja bedankten sich und schleppten das Kanu zur Wasserkante. Dort stiegen sie ein und nahmen auf den Sitzbänken Platz. Jesahja begann, auf seiner Seite zu paddeln, und Lilli musste schnell mitmachen, da sich das Kanu sonst im Kreis drehen würde. Sie tat, was sie konnte. Insgesamt war ihr jedoch ein bisschen mulmig zumute, denn sie war keine besonders gute Schwimmerin und hatte noch nie in einem Kanu gesessen.

Jesahja schien ihr anzumerken, dass sie sich unbehaglich fühlte. »Keine Sorge, ich war schon oft mit einem Kanu unterwegs«, sagte er hinter ihr. »Ich kann gut paddeln.«

Lilli drehte sich zu ihm um und sah, wie sein Gesicht plötzlich einen traurigen Ausdruck annahm.

»Mein Papa hat es mir vor zwei Jahren im Urlaub beigebracht …«

»Dafür sag ich deinem Papa bei Gelegenheit mal danke«, erwiderte Lilli und merkte sofort, dass das keine gute Antwort gewesen war – schließlich wusste sie nicht, wie oft sie Jesahjas Vater in Zukunft überhaupt noch sehen würde. Wenn Herr und Frau Sturmwagner erst einmal geschieden waren, wie oft begegnete sie dann wohl noch dem einen oder der anderen? Wer von beiden würde ausziehen?

»Kuck nach vorn!«, rief Jesahja, und Lilli drehte sich flugs wieder um. Sie hatte anscheinend zu schwach gepaddelt, denn das Kanu beschrieb eine Kurve.

Lilli konzentrierte sich, zog ihr Paddel tief durchs Wasser, und das Boot glitt pfeilgerade voran. Sie hielten auf den Bereich vor dem Seehundstrand zu, und Lilli ließ den Blick schweifen. Irgendwo in diesem riesigen Gebiet war Riri gerade unterwegs. Hatten sie überhaupt eine Chance, sie in diesen Millionen Litern von Wasser zu finden?

Eine kleine Weile paddelten sie schweigend parallel zum Strand voran, bis sich schließlich immer weniger Menschen dort aufhielten. Lilli nahm an, dass sie der Stelle, an der sie Muschelchen, Bonsai und Frau von Schmidt zurückgelassen hatten, recht nah waren.

Schließlich zog Jesahja sein Paddel ein. »Versuchen wir es hier.«

Lilli setzte sich auf und räusperte sich. »Riri! Bitte komm her!«, rief sie in alle Richtungen und hoffte, dass die Seehundmutter sie hörte. »Riii-riii!«

Ein paar Minuten lang warteten sie, doch als die Seehündin sich nicht zeigte, paddelten sie weiter. Lilli rief immer wieder nach Riri, aber diese kam einfach nicht. Nach einer Weile war Lilli ganz heiser. »Was machen wir jetzt?«, fragte sie. »Was, wenn wir sie nicht finden?«

Mit betretenem Gesichtsausdruck kratzte Jesahja sich am Hinterkopf. »Riri hat vielleicht –« Bevor er weitersprechen konnte, fuhr er zusammen. »Was …« Entsetzt sah er nach unten.

Da bemerkte Lilli es auch. Am Boden des Kanus stand Wasser! Vor lauter Aufregung hatten sie nicht bemerkt, dass ihre Schuhe schon ganz nass waren.

Hektisch tastete Jesahja die Kanu-Innenwand ab.

»Haben wir ein Leck?«, kiekste Lilli.

»Ja, Mist!« Jesahja versuchte, das Loch mit der Hand zu verschließen. Aber das Wasser quoll an seinen Fingern vorbei. »Das Kanu muss von vornherein undicht gewesen sein …«

»Was machen wir jetzt?« Lilli merkte, wie Angst in ihr hochstieg.

»Das Loch ist nicht sooo groß. Bis das Kanu mit Wasser vollgelaufen ist, sind wir lange zurück am Strand«, beruhigte Jesahja sie.

Lilli atmete ein wenig auf. Das Loch war wirklich recht klein. Als sie jedoch ihr Paddel wieder zur Hand nahm und sich umblickte, erstarrte sie. »Warum sind wir plötzlich so weit draußen?«, entfuhr es ihr, und ihre Angst war sofort wieder da. Innerhalb der vergangenen Minuten hatten sie sich ein riesiges Stück vom Strand entfernt! »Wir werden vom Land weggezogen!«

Erschrocken schnappte Jesahja nach Luft. »Wir sind in eine Strömung geraten!« Er griff nach seinem Paddel. »Los, Lilli! Wir müssen dagegenhalten!«

Wie verrückt begannen sie zu paddeln. Doch bereits nach kurzer Zeit mussten sie feststellen, dass das nichts brachte. Immer weiter zog die Strömung sie aufs offene Meer hinaus – und ihr Kanu lief dabei langsam mit Wasser voll!

Lilli schlug das Herz bis zum Hals. »Wir können nicht zum Strand paddeln!«, keuchte sie.

Jesahja raufte sich die Haare. »Da drüben ist ein Kutter!«, rief er plötzlich und wies auf ein Boot, das in einiger Entfernung mitten durch das

Sperrgebiet tuckerte. Hastig hob er die Arme. »Hilfe! Hallo! Helfen Sie uns!«

Lilli kreiste ebenfalls mit den Armen und schrie um Hilfe. Der Kutter fuhr allerdings unbeirrt weiter und entfernte sich von ihnen. Offenbar hatte sie niemand an Bord bemerkt.

Lilli konnte nichts dagegen tun, dass ihr Tränen in die Augen stiegen. »Nein, bitte! Hilfe!«

Da erklang auf einmal ein Grölen hinter ihr. »Lilli!«

Sie fuhr herum. Ein freundliches Seehundgesicht kuckte aus dem Wasser!

»Warum rufst du um Hilfe?«, fragte die Seehündin, und da erkannte Lilli, dass es Riri war.

»Da bist du ja!« Nun liefen Lilli die Tränen ungebremst über die Wangen. Sie war erleichtert, dass sie Riri wiedergefunden hatten und dass jemand auf ihren Hilferuf reagiert hatte. Gleichzeitig war sie sich aber natürlich darüber klar, dass eine Seehündin nichts gegen das Leck und die Strömung ausrichten konnte.

»Was ist los?«, wollte Riri wissen. »Warum bist du in diesem Kasten unterwegs?«

»Wir haben dich gesucht!«, erwiderte Lilli mit wackeliger Stimme. »Aber unser Boot ist kaputt,

und außerdem zieht uns die Strömung immer weiter aufs Meer.«

»Das ist schlecht«, erwiderte Riri. »Arme Lilli.«

Bevor Lilli weiterreden konnte, war die Seehündin verschwunden – abgetaucht, als sei alles gesagt.

»Wir dürfen sie nicht wieder verlieren!«, stieß Lilli hervor und wusste gar nicht, worüber sie sich zuerst Sorgen machen sollte.

Jesahja massierte sich die Schläfen, als seien seine Nerven zum Zerreißen gespannt. »Mir muss was einfallen!«

Nur wenige Augenblicke später hörte Lilli ein leises Grölen. Direkt vor ihnen tauchte ein Seehund zwischen den Wellen auf.

»Ist das wieder Riri?«, fragte Jesahja.

Lilli schüttelte den Kopf. »Nein, das ist jemand anders.« Sie beugte sich vor. »Hey!«

Da tauchte ein weiterer Seehund auf. Und danach noch einer. Und dann noch einer.

»Bist du das Mädchen, das nach Seehund riecht?«, fragte einer von ihnen und hielt die Nase in die Luft.

Der zweite Seehund schnupperte ebenfalls am Wind. »Schwer zu sagen. Aber könnte sein!«

»Das ist sie!«, erklang eine bekannte Stimme. Riri war ebenfalls aufgetaucht. »Das ist Lilli!«

Neben ihr schwammen mindestens fünf weitere Tiere. »Moinsen!«, grüßten sie im Chor.

Vor lauter Überraschung musste Lilli sich an der Sitzbank festhalten. »Ha... Hallo ...«, stotterte sie.

»Ich habe ein paar Freunde geholt«, sagte Riri. »Wir werden dir helfen.«

»Helfen?«, wiederholte Lilli, die sich zwar wahnsinnig freute, dass Riri zurückgekommen war, sich aber fragte, was sie und die anderen Seehunde denn tun wollten. Sie konnten ja wohl schlecht das Leck reparieren. Das Wasser stand inzwischen aber knöchelhoch, und das Kanu lag schon ein Stück tiefer als zuvor!

Doch Riri erklärte ruhig: »Wir schieben euch zurück zum Land.«

Lilli war so baff, dass sie gar nichts sagen konnte. Erst nach einem Augenblick der Verwunderung fand sie die Sprache wieder. »Ihr schiebt uns?«

Jesahja stöhnte auf, und das Geräusch schien aus seinem tiefsten Inneren zu kommen. »O ja, bitte!«

Einer der anderen Seehunde grölte: »Wie wollt ihr denn sonst zurückkommen?«

Das wusste Lilli auch nicht.

Nun schwammen die Tiere zu einer Seite des Kanus und begannen, sich dagegenzudrängen. Das Boot änderte daraufhin die Richtung und bewegte sich langsam auf den Strand zu.

»Es funktioniert!«, entfuhr es Lilli, die es kaum glauben konnte. »Ihr stemmt euch gegen die Strömung!«

Die Seehunde schoben, aber vor allem schubsten sie das Kanu. Zwar wackelte das ganz schön, und Lilli und Jesahja mussten sich gut festhalten, um nicht ins Wasser zu fallen. Aber die vereinte Kraft der Seehunde beförderte sie stetig durch die Wellen, so dass sie der Küste immer näher kamen.

Kopfschüttelnd lachte Jesahja. »Das ist so was von krass!«

Lilli lachte ebenfalls. Wäre eine Pflanze in der Nähe gewesen, wäre diese wahrscheinlich heftig in die Höhe geschossen – so erleichtert und froh war Lilli in diesem Moment.

Sie kamen dem Strand näher und näher, und nach einer Weile setzten sie auf Sand auf.

Lilli und Jesahja kletterten aus dem Kanu, das bereits wadenhoch mit Wasser vollgelaufen war, drehten es um und zogen es ein Stück den Strand hinauf.

Die Seehunde robbten neugierig um sie herum. »Sie riecht wirklich nach Seehund!«, grunzte einer begeistert. »So was hab ich noch nie geschnuppert!«

Lilli zitterten die Hände noch ein wenig, dennoch lächelte sie. Ob sie für Tiere aussah wie eines von ihnen, ob sie für sie so klang oder so roch – es war einfach toll, dass Tiere bereit waren, ihr so zur Seite zu stehen, wie sie es gerade getan hatten. »Ihr habt uns gerettet!«, sagte sie zu den Seehunden. »Ich danke euch dafür. Das war … der Hammer!«

»Das haben wir gern gemacht«, antwortete einer von ihnen, und Riri fügte hinzu: »Du bist eine gute Zweibeinerin. Wenn alle so wären wie du, hätten wir keine Probleme.«

»Was habt ihr denn für Probleme mit den Zweibeinern?«, hakte Lilli sogleich nach.

»Die stehlen fast unser ganzes Futter!«, erwiderte einer der Seehunde. »Außerdem sind sie überall am Strand und … stören uns!«

»Ein Zweibeiner bringt immer eine kleine Kiste mit, aus der schlimmer Polterkrach kommt!«, warf ein anderes Tier ein.

Bestimmt meinte es Shocking Jonas mit seiner Lautsprecher-Box. »Ich finde das auch alles ganz furchtbar, und ich werde versuchen, etwas dagegen zu unternehmen«, sagte Lilli.

»Wirklich?«, fragten die Seehunde erstaunt.

»Sie ist eben eine gute Zweibeinerin«, bekräftigte Riri noch einmal und begann davonzurobben. »Bis bald, Lilli. Ich suche jetzt weiter nach meinem Kind.«

»Warte!«, hielt Lilli sie zurück und spürte nun auf einmal reine Freude in sich aufsteigen, denn sie hatte Riri etwas Wunderschönes zu zeigen.

Fischattacke

»Komm mit!«, forderte Lilli Riri auf. »Komm mit in die Dünen!«

Die Seehündin wackelte mit dem Kopf. Sie schien nicht zu ahnen, warum sie mitkommen sollte. »Na gut, aber danach suche ich mein Kleines wieder!«

Lilli antwortete nicht, denn sie wollte Riri überraschen. Rasch verabschiedete sie sich von den anderen Seehunden, und nachdem sie ihnen gedankt hatte, robbten die Tiere zum Wasser und verschwanden darin.

»Jetzt kommen wir zum schönsten Teil des

Tages«, sagte Jesahja, der es offenbar auch kaum erwarten konnte, Mutter und Kind wiederzuvereinen.

Gemeinsam mit der robbenden Seehundmutter erklommen sie die nächste Düne. Oben schaute Lilli sich um und fragte sich, in welcher Richtung sie Muschelchen suchen mussten. Gleich darauf hörte sie Bonsai kläffen: »Wenn du brav bist, Knirpsi, bekommst du bestimmt ein Leckerli!«

Als Nächstes erklang eine junge, heiser heulende Stimme. »Musch musch!«

Riri erstarrte. »Mein Kind!«, stieß sie hervor. »Das ist mein Kind!« Aufgeregt robbte sie in Richtung der Stimmen.

Kurz darauf sahen sie die sonderbare kleine Truppe: Muschelchen lag halbversteckt hinter einem Strauch, und Bonsai leckte ihm übers Fell. »Keine Angst, Knirpsi, letzten Endes wird garantiert alles gut«, wuffelte er.

Frau von Schmidt thronte ein kleines Stück entfernt am Rand der Düne und blickte erhaben aufs Meer, als obläge es ihr, die Nordsee im Zaum zu halten, falls diese es wagen sollte, sie zu belästigen.

In Windeseile robbte Riri auf ihr Junges zu. »Musch!«, grölte sie, und ihre Stimme überschlug sich vor Freude. »Musch musch!«

Das Seehundbaby blickte auf und quiekte. »Muuusch!«

Da hatte die Mutter das Kleine erreicht und stieß es vor lauter Überschwang beinahe um. »Musch ...« Zärtlich drückte Riri ihre Schnauze gegen die des Kleinen, das glücklich die Augen schloss.

Dann stutzte Riri. »Du riechst nach Zweibeinern! Und nach Hund!«

Sofort war Lilli da, um alles zu erklären. »Wir haben dein Kind bei Zweibeinern gefunden, die es ... aus Versehen mitgenommen hatten. Deswegen riecht es so stark nach Mensch. Und Bonsai hat sich um das Kleine gekümmert, während Jesahja und ich dich gesucht haben. Er hat es manchmal ein bisschen abgeschleckt – wie ein guter Ersatzpapa das eben macht!«

»Genau so isses!«, bellte Bonsai stolz.

Riri schien mit sich zu ringen. »Aber Musch riecht wirklich sehr ... fremd.«

»Musch musch!«, machte das Seehundbaby,

als wollte es sie daran erinnern, dass es trotz allem ihr Kind war.

Riri blickte ihr Junges an. »Ach, Musch …«, schnaufte sie innig. »Komm mal her. Du hast doch bestimmt ewig nichts getrunken.« Sie legte sich so hin, dass das Kleine ihre Zitze erreichen konnte.

Muschelchen – oder vielmehr *Musch* – robbte ganz nah an Riri heran und begann zu trinken. Während es saugte, stieß es leise Brummlaute aus und hielt die Augen genießerisch geschlossen.

Lilli atmete auf. »Sie nimmt es zurück«, flüsterte sie Jesahja zu, der erleichtert seufzte.

»Siehst du, Knirps?«, fragte Bonsai. »Ich hab dir doch gesagt, dass alles gut wird!«

»Musch musch!«, nuschelte das zufriedene Seehundbaby.

Frau von Schmidt gesellte sich zu ihnen. »Wenn ich nicht gewesen wäre und durch meine eindrucksvolle Anwesenheit sämtliche Gefahren von dem hilflosen Bart-Abkömmling und Herrn von Bonsai ferngehalten hätte, wäre wahrscheinlich die Nordsee über beide hergefallen!«

Lilli gluckste in sich hinein, und das Glucksen genügte, um den Sanddornstrauch, hinter dem Riri und Musch lagen, ein paar Zentimeter in die Höhe wachsen zu lassen.

»Was für ein Happy End!«, freute sich Jesahja.

Lilli wurde nachdenklich. »Ja, für diese beiden schon. Aber die Probleme zwischen Seehunden und Menschen sind noch lange nicht gelöst!«

»Das stimmt«, gab Jesahja zu.

Eine kleine Weile beobachteten sie die beiden Seehunde, und Lilli freute sich, wie selig Musch trank und wie liebevoll Riri immer wieder mit kleinen Grunzlauten fragte, ob alles in Ordnung sei. Das Kleine antwortete mit leisen »Musch musch«-Geräuschen und schien das glücklichste Seehundkind auf der ganzen Welt zu sein.

Lilli spürte, dass es Zeit war zu gehen. »Wir lassen euch jetzt mal allein«, sagte sie. »Aber wir kommen euch bald wieder besuchen, wenn wir dürfen.«

»O ja!« Zustimmend wackelte Riri mit dem Kopf. »Zweibeiner wie ihr sind uns immer willkommen. Andere, also *normale*, aber nicht.«

Lilli nickte. Riri hatte allen Grund, Menschen

nicht zu mögen. »Macht es gut«, verabschiedete sie sich. »Bis bald!«

Gemeinsam mit Jesahja, Frau von Schmidt und Bonsai, der dem Seehundbaby fröhlich »Halt die Ohren steif, Knirpsi!« zurief, marschierte Lilli davon.

»Was sollen wir wegen des Kanus machen?«, überlegte Jesahja laut und schaute in die Richtung, in der das kaputte Boot noch immer am Strand lag. »Wir sollten uns echt bei der Frau vom Verleih beschweren!«

»Ja«, stimmte Lilli ihm zu. »Aber erst morgen. Ich bin, ehrlich gesagt, ziemlich geschafft. Die Sache mit dem Leck …«

»… war ganz schön unheimlich«, beendete Jesahja den Satz und wusste anscheinend genau, wie Lilli sich fühlte. Die Situation auf dem Meer war wirklich gefährlich gewesen und hätte ohne die Hilfe der Seehunde ein ganz anderes Ende nehmen können.

Schweigend stapften sie die Düne hinab zu den Fahrrädern, zogen die Schwimmwesten aus und fuhren zurück zum Hotel.

»Da seid ihr ja!«, wurden sie von Orlando an der Rezeption begrüßt. »Ich glaube, ihr werdet schon vermisst.« Rasch brachte er sie in den Speisesaal, in dem Lillis Eltern und Oma bereits am Tisch saßen. Außer ihnen war niemand im Raum, und Lilli glaubte langsam, dass sie die einzigen Hotelgäste waren.

»Wo wart ihr denn den ganzen Tag?« Herr Susewind stand auf und kam ihnen entgegen. »Warum habt ihr nicht auf meine SMS geantwortet?«

Jesahja warf einen Blick auf sein Handy. »Oh, tut mir leid! Ich hab den ganzen Nachmittag über nicht draufgekuckt.«

»Ihr seid wohl mit etwas anderem beschäftigt gewesen?«, hakte Oma nach.

»Ihr seht aus, als ob euch ein ganz schöner Schreck in die Glieder gefahren wäre«, bemerkte Frau Susewind, und sie klang eher besorgt als vorwurfsvoll.

»Das kann man so sagen«, bestätigte Lilli, während sie sich an den Tisch setzten. Und dann erzählten sie alles – von dem verschwundenen Seehundbaby über die Station in Unterplunderdonk und die Gefahrensituation auf dem Meer bis hin zu der tierischen Seenotrettung und der Zusammenführung von Mutter und Kind.

Während sie sprachen, wurde Lillis Mutter immer blasser. »O mein Gott«, murmelte sie. »Euch hätte wer weiß was passieren können!«

Orlando stand die ganze Zeit neben ihnen und hörte still zu. Als Sven das Abendessen aus der Küche brachte, blieb auch er danach bei ihnen und lauschte.

»Also, dieser Dame vom Kanuverleih muss man mal ordentlich die Ohren lang ziehen!«, kommentierte Oma, als sie fertig waren.

»Ja!«, stimmten Lilli und Jesahja gleichzeitig zu.

Entschlossen reckte Oma das Kinn in die Höhe. »Ich gehe da morgen mal hin.«

»Ich kenne die Frau vom Verleih, sie heißt Grit«, erklärte Orlando. »Du willst ihr die Hölle heißmachen, Leo?« Als Oma resolut nickte, nickte er ebenfalls. »Ich bin dabei. Ich komme mit! Das geht so wirklich nicht – defekte Kanus an Kinder verleihen …«

Oma gab einen zustimmenden Laut von sich, während sie zu essen anfing.

Orlando kam nun wieder auf die Seehunde zu sprechen. »Dass Jungtiere von Urlaubern gefunden und zur Station gebracht werden, habe ich schon mal gelesen.« Er seufzte. »Aber von dir zu hören, Lilli, wie die Tiere sich fühlen und wie sehr sie tatsächlich von den Menschen gestört werden, ist etwas anderes.« Betroffen blickte er Lilli an. »Es muss etwas dagegen unternommen werden!«

Lilli war froh, dass Orlando das so sah. »Ja, aber was kann man machen?« Fragend schaute sie auch Sven an, der daraufhin den Kopf einzog und in die Küche floh. Ein wenig erinnerte seine erschrockene Miene sie an Shocking Jonas, der sich auf ganz ähnliche Art verkrümelt hatte, als es darum ging, den Seehunden zu helfen. Sven stammte ebenfalls aus einer Fischerfamilie – hatte er Angst davor, wie seine Angehörigen reagieren würden, wenn er sich für Seehunde einsetzte?

»Wir müssen uns dringend etwas überlegen«, sagte Orlando. »Wir –« Es klingelte an der Rezeption. Orlando verzog den Mund. »Ich komme gleich wieder.« Mit eleganten Schritten entfernte er sich.

Lilli schaute ihm nach und sah, dass Strobecks Fischlieferwagen wieder vor der Tür parkte. Sie stand auf.

»Wohin gehst du?«, wollte Oma wissen. »Du hast ja kaum was gegessen!«

»Ich muss mal kurz weg«, sagte Lilli knapp und verließ den Speiseraum. Sie wollte sich diesen Strobeck noch einmal ansehen, denn immerhin war er Teil des Problems: Die Fischer von Oberlinsenhusen fischten den Seehunden verbotenerweise die Nahrung weg. Außerdem hatte dieser Mann seinem »schockierenden« Sohn wohl nicht beigebracht, dass Tiere ebenso ein Recht auf Leben hatten wie Menschen.

Strobeck und Orlando standen vor dem Haus neben einer Kiste mit frischem Fisch, die Strobeck soeben ausgeladen hatte. Lilli pirschte sich an die Eingangstür heran und hörte, wie Strobeck Orlando verhöhnte.

»Was denkst du denn, warum du nur so wenige Gäste hast?«, stichelte er und zwirbelte sich dabei genüsslich den weißblonden Bart. »Ich sag's dir: Das liegt daran, dass dein Bild direkt auf der Startseite deiner Webseite zu sehen ist! Wie du da stehst – mit dieser lächerlichen Frisur und der ganzen Schminke! Das schreckt natürlich ab, Klaus. Niemand will bei so einem wie dir Urlaub machen.«

Plötzlich wurde Lilli zur Seite gedrängt. Oma schob sich an ihr vorbei zur Tür hinaus. »*Wir* wollen hier Urlaub machen!«, pfefferte sie Strobeck entgegen. Offenbar hatte sie mitbekommen, was er gesagt hatte. »Und wissen Sie was? Es war Orlandos Foto, das mich dazu gebracht hat, bei ihm unseren Urlaub zu buchen! Weshalb sollte man sonst in so ein langweiliges Kuhkaff wie Oberlinsenhusen kommen, das noch nicht mal einen richtigen Abenteuerspielplatz hat?«

Sprachlos glotzte Strobeck Oma an.

Die war noch nicht fertig. »Als ich Orlandos Foto gesehen habe, dachte ich: Der sieht aus, als wäre er eine richtige Wucht. Und das ist er auch! Alles andere als langweilig. Wir haben heute den ganzen Nachmittag zusammen eine Piratenschaukel für den Rosengarten gebaut! Und dabei haben wir kalte Pfannkuchen mit Fischfilet und Schokosauce gegessen.«

Erstaunt lächelte Lilli. Das klang, als hätten sich Oma und Orlando richtig angefreundet.

»Orlando ist der beste Gastgeber, den man sich überhaupt nur vorstellen kann!«, fügte Oma mit Nachdruck hinzu.

Orlando, der zuerst ganz verblüfft ausgesehen hatte, war nun sichtlich gerührt. »Danke«, sagte er leise. »Das bedeutet mir viel.«

Strobeck schien sich mittlerweile gefangen zu haben. »Trotzdem ist Klaus eine Schande für den ganzen Ort«, sagte er bissig und wandte sich ab, um in seinen Wagen zu steigen.

Da griff Oma in die Kiste neben Orlando und zog einen Fisch heraus. Ohne lange zu fackeln, bewarf sie Strobeck damit. Der Fisch traf ihn am Ohr. Strobeck fuhr herum und starrte Oma ungläubig an. In diesem Augenblick kam schon der nächste Fisch angeflogen und landete mitten in Strobecks Gesicht. *Flatsch*. Bevor der Mann reagieren konnte, schleuderte Oma ihm einen weiteren entgegen, und dieser klatschte Strobeck geradewegs gegen die Stirn.

Orlando fing an zu lachen. Er lachte lauthals und konnte sich gar nicht mehr einkriegen.

Strobeck ergriff die Flucht, hetzte zur Fahrerseite seines Wagens und sprang hinein.

Während er mit quietschenden Reifen davonfuhr, standen Oma und Orlando da und hielten sich die Bäuche vor Lachen.

Und Bonsai, den Lilli gar nicht aus dem Speiseraum kommen gesehen hatte, machte sich hocherfreut über die drei am Boden liegenden Fische her.

Albträume und Schrott

Am darauffolgenden Morgen wachte Lilli ganz nachdenklich auf. Oma hatte es Strobeck am vergangenen Abend so richtig gezeigt, und als sie danach in den Speiseraum zurückgekehrt waren, hatte sie etwas zu Lilli gesagt, das ihr seitdem nicht mehr aus dem Kopf gegangen war: »Es muss für alle Platz sein.« Oma hatte damit Orlando und seinen Platz in Oberlinsenhusen gemeint. Doch Lilli überlegte nun, ob das womöglich auch für Seehunde und Menschen galt.

Grübelnd setzte Lilli sich im Bett auf und

schaute sich um. Bonsai und Frau von Schmidt hatten sich zusammen in ein Körbchen gequetscht und lagen in tiefem Schlummer. Jesahja schlief ebenfalls noch. Als Lillis Blick über ihn glitt, fiel ihr auf, dass sich seine Brust eigenartig hob und senkte. Fast wie bei heftigem Schluchzen …

Lilli erschrak. Jesahja weinte! Er weinte im Schlaf! Bestimmt hatte er einen Albtraum.

Sie schlüpfte aus dem Bett und trat an seines heran. Tatsächlich. Jesahja weinte. Behutsam legte sie ihm die Hand auf die Schulter, und im nächsten Moment fuhr er hoch.

»Was?« Kerzengerade saß er im Bett. Seine Augen waren gerötet, und sein Atem ging stoßweise. »Ich …« Jetzt schien er zu begreifen, dass er nur geträumt hatte. Aber der Traum hatte ihn noch ganz im Griff. »Meine Eltern … sie … waren weg. Verschwunden!«, brachte er stammelnd hervor. »Ich war ganz allein … sie sind nicht zurückgekommen …«

Lilli setzte sich neben ihn. »Das war bloß ein Albtraum«, versuchte sie, ihn zu trösten.

»Das weiß ich.« Jesahja lachte kläglich. »Aber …« Er sprach nicht weiter.

»Deine Eltern lassen dich nicht allein.« Da war sich Lilli ganz sicher. »Niemals. Sie haben dich beide sehr lieb!«

Jesahja fuhr sich mit der Hand durch die schwarzen Locken. »Ja, aber ... mein Vater wird ausziehen. Vielleicht geht er sogar nach Namibia zurück! Dann ist er weg.«

»Oh.« Falls Jesahjas Vater Akeele tatsächlich in sein Heimatland Namibia zog, war das natürlich wirklich ganz schön weit weg. Trotzdem sagte Lilli: »Er wird dich aber doch bestimmt besuchen – oder du ihn!«

Schnaufend wischte Jesahja sich mit dem Ärmel über die Nase. »Ja, schon. Aber es wird alles anders sein.«

Lilli nickte, denn das stimmte wahrscheinlich. Nach einer kleinen Pause sagte sie: »Zum Glück hast du zwei Familien – deine und meine.«

Das schien Jesahja ein wenig aufzuheitern. Lächelte er nicht sogar ein klitzekleines bisschen?

»Mein Vater hat dich lieb wie einen eigenen Sohn«, fuhr Lilli fort. »Meine Mutter ist froh, dass ich einen Freund wie dich habe, und Oma würde für dich über heiße Kohlen laufen!«

Jesahjas Lächeln vertiefte sich. »Meinst du?«

»Ohne Frage! Und Bonsai ist ein Riesenfan von dir!«

Jetzt musste Jesahja sogar lachen. »Bonsai mag mich definitiv lieber als Schmidti. Für Schmidti bin ich nur ein Dosenöffner.«

»Das stimmt«, rutschte es Lilli heraus.

Aber Jesahja lachte bloß noch lauter. Lilli fiel in sein Lachen mit ein.

Da hörten sie eine Stimme aus dem Rosengarten vor dem Fenster. »Das gibt's doch gar nicht!«

Lilli lief zum gekippten Fenster, öffnete es weit und schaute nach unten. Dort stand Orlando neben einer Schaukel inmitten von blühenden Rosen – mit einem Gesichtsausdruck, als sei er gerade einem Gespenst begegnet.

»Was ist los?«, rief Lilli zu ihm hinunter.

Fassungslos schüttelte Orlando den Kopf. »Wahrscheinlich hältst du mich für verrückt, aber die Rosenblüten haben sich gerade so schnell geöffnet, dass ich dabei zusehen konnte! Wie im Zeitraffer! Ehrlich wahr!«

Lilli lächelte. »Das liegt daran, dass ich gerade gelacht habe.«

Verständnislos starrte Orlando sie an. »Gelacht?«

»Ja, ich habe es noch gar nicht erwähnt, aber ich habe noch eine zweite Fähigkeit«, klärte sie ihn grinsend auf. »Mein Lachen bringt Blumen zum Blühen.«

Eine kleine Weile später stand die gesamte Familie Susewind gemeinsam mit Jesahja, Bonsai und Frau von Schmidt schwatzend im Eingangsbereich des Hotels. Orlando saß hinter der Rezeption auf seinem rosafarbenen Sessel und konnte noch immer kaum glauben, was er da soeben im Rosengarten erlebt hatte. Unablässig murmelte er: »Sachen gibt's, die gibt es gar nicht!«

»Alle mal herhören!«, übertönte Oma nun alle anderen, und sämtliche Gespräche brachen ab. »Jesahja, Lilli, Orlando und ich gehen gleich zusammen zum Kanuverleih, um uns diese Grit vorzuknöpfen.«

»Die tut mir jetzt schon leid«, bemerkte Lillis Vater, der genau wusste, dass man sich mit seiner Mutter besser nicht anlegte. Lauter fügte er hinzu: »Regina und ich gönnen uns heute einen Tag in der Badelandschaft am Ende der Straße. Ich freu mich schon auf die Sauna!« Lillis

Eltern machten keinen Hehl daraus, dass sie froh waren, den Tag einmal zu zweit verbringen zu können, und kurz darauf verabschiedeten sie sich bereits.

Lilli und die anderen waren auch bald startklar und brachen zum Strand auf. Während sie den Weg entlangmarschierten, flatterte auf einmal etwas Buntes vom Himmel. Kam das von Lotterich? Lilli blickte hoch. Ja! Der Austernfischer kreiste über ihnen und hatte wohl das glitzernde Bonbonpapier fallen lassen. »Dieses Dings glänzt entschieden schön, oder?«, krächzte er. »Die Farben sind ein Traum, den du bestimmt noch nie zu träumen gewagt hast. Zum Donnermeier schön, der Traum!«

»Danke!«, rief Lilli dem Vogel zu, denn sie hatte sich inzwischen entschlossen, seine Geschenke einfach anzunehmen, anstatt ihn zum Aufhören zu bewegen. Lotterich suchte die Geschenke derart liebevoll aus, dass sie sie einfach nicht ablehnen konnte. »Das glänzt wirklich superschön!«, lobte sie ihn und hob das Papierchen auf.

»Genauso schön wie der Zweibeiner neben dir! Potztausend, ist der schön, der Zweibeiner!«, trillerte Lotterich und meinte damit offenbar Orlando, der eine goldenglitzernde Discojacke und goldene Schuhe trug. Fürs Zusammenstauchen der Kanuverleihfrau war das vielleicht ein bisschen übertrieben, aber es hatte den Anschein, als wollte Orlando einfach an jedem Tag genau so aussehen, wie er eben gern aussah.

Lilli lächelte Orlando an. »Lotterich mag Ihre Jacke.«

Orlando stutzte. »Der Vogel?« Er sah zu Lotterich hoch. »Das hat er gerade gesagt?«

»Ja, er findet, Sie glänzen genauso schön wie das Bonbonpapierchen.«

Gewiss hatte Orlando noch nie ein Kompliment von einem Tier bekommen. »Oh, danke!«, sagte er. »Das freut mich!«

Bonsai schien nicht ganz so begeistert zu sein. »Die letzten Sachen von dem Flug-Fritzen waren besser«, beschwerte er sich. »Vielleicht fragst du ihn mal, ob er irgendwo ein Würstchen finden könnte.«

»Lotterich hat seinen ganz eigenen Kopf«, entgegnete Lilli lächelnd.

Der Vogel flog davon und suchte bestimmt

nach neuen Geschenken. Doch diesmal würde es wahrscheinlich länger dauern, bis er zurückkehrte, denn der Strand war dank der Aktion vom Vortag immer noch recht müllfrei, wie Lilli feststellte, als sie kurz darauf dort ankamen. Sie überquerten den gut besuchten Strand und liefen am Wasser entlang zum Kanuverleih.

Oma stürmte gleich auf die Frau mit dem wettergegerbten Gesicht zu.

Die Frau, Grit, erkannte Lilli und Jesahja und fing an zu schimpfen. »Wo ist mein Kanu?«, schrillte sie. »Dass ihr euch überhaupt noch hertraut!«

Da hatte Oma sie erreicht. »Jetzt hören Sie mal zu, Sie Kindergefährderin!«, wetterte sie los und fuchtelte mit dem Zeigefinger. »Sind Sie eigentlich von allen guten Geistern verlassen?«

»Oh, das ist ja hinreißend!« Frau von Schmidt beobachtete fasziniert, mit welch energischen Gesten Oma sprach. »Madame von Susewind, Ihre Vorfahrin ist eine wahre Inspiration! Dieses Herunterputzen mit Pfoteneinsatz ist einfach sensationell! Das werde ich auch gleich mal ausprobieren.« Die Katze wandte sich der Nordsee zu, machte einen Buckel und schlug mit der

Pfote in Richtung des Wassers. »Hinfort, du geschmackloses Ungetüm!«

Oma wütete indessen weiter. »Das Kanu, das Sie diesen beiden Kindern gestern geliehen haben, hatte ein Leck!«

Grit starrte Oma einen winzigen Augenblick lang erschrocken an, dann stritt sie alles ab. »Meine Kanus sind absolut einwandfrei! Bestimmt haben die Kinder es beschädigt! Wo ist es?«

»Es liegt leckgeschlagen am Weststrand!«, rief Oma zeigefingerwedelnd. »Mit dem Ding riskiert man sein Leben!«

Orlando mischte sich ein. Er kniete neben einem Kanu, von dem ebenso die Farbe abblätterte wie von dem, das Lilli und Jesahja ausgeliehen hatten. »Die Bootswand von diesem hier ist auch undicht«, stellte er fest.

»Wirklich? Wie viele wohl noch?« Oma stemmte die Hände in die Seiten und fauchte Grit fast so entrüstet an wie Frau von Schmidt die Nordsee. »Ihre Kanus sind Schrott!«

Grits zornige Miene hatte sich bei Orlandos Worten verwandelt. Jetzt wirkte die Frau eher zerknirscht. »Ja, womöglich sind ein oder zwei

Boote nicht in Bestform …«, gab sie zu und hängte leise an: »Ich habe kein Geld, sie alle reparieren zu lassen.«

»Grit«, sagte Orlando in vorwurfsvollem Ton. »Du kannst doch trotzdem keine derartig klapprigen Kanus an Touristen verleihen! Vor allem nicht an Kinder! Vor der Weströmung hast du sie auch nicht gewarnt. Was, wenn ihnen etwas passiert wäre?«

Betroffen senkte Grit den Kopf. »Du hast recht. Ich … es tut mir leid.«

Das schien Oma ein wenig zu besänftigen. »Gut. Das wäre also geklärt. Es werden keine kaputten Kanus mehr verliehen!«

Grit stand da wie ein begossener Pudel. »Aber was soll ich denn jetzt machen? Meine Kanus sind alles, was ich habe …«

Oma überlegte nicht lange. »Dann müssen sie wohl repariert werden.« Sie klatschte in die Hände. »Orlando, machst du mit?«

Orlando begann zu strahlen. »Ich hole schnell Werkzeug, dann gehen wir an die Arbeit.« Damit lief er los.

Grit staunte nicht schlecht. »Sie und Klaus wollen meine Kanus reparieren?«

»Orlando und ich, ja«, antwortete Oma. »Mir ist eh langweilig. So habe ich endlich was Richtiges zu tun!«

Lilli grinste. Oma war eine leidenschaftliche und äußerst erfahrene Handwerkerin. Wenn sie irgendwo etwas instand setzen konnte, war sie rundum glücklich. Und Orlando teilte anscheinend ihre Liebe fürs Schrauben und Hämmern.

Während sie auf Orlandos Rückkehr warteten, gesellte Bonsai sich zu Frau von Schmidt und kläffte das Meer an. »Du Wasserweichei! Du … Blödhonk, du!«

Schnell wurden einige der Menschen am Strand auf das merkwürdige Verhalten der Tiere aufmerksam. Jemand rief: »Das ist Liliane Susewind!« Jemand anderes sagte: »Und das sind ihre Tiere! Die waren gestern schon dabei!« Die Müllsammelaktion am Tag zuvor hatte viel Aufmerksamkeit erregt.

Grit riss vor Überraschung die Augen auf. »Oh, du bist die Tiersprecherin!«

Lilli winkte ab und versuchte, möglichst lässig zu wirken. Aber dass ein paar Touristen nun ihre Handys herausholten und Bonsai und Frau von

Schmidt beim Nordseebeschimpfen filmten, gefiel ihr gar nicht.

Oma untersuchte derweil ein großes Viererkanu. »Das hier ist in Ordnung«, stellte sie fest. »Es sollte zwar besser mal neu lackiert werden, aber es hat zumindest kein Leck.«

Grit sah aus, als ob sie nicht wusste, wie sehr sie sich darüber freuen sollte. Die meisten der anderen Kanus machten keinen so guten Eindruck wie der Vierer.

Nach kurzer Zeit kam Orlando zu ihnen zurück. Auf dem Rücken trug er einen großen Rucksack, und in der Hand hielt er einen riesigen Werkzeugkoffer. Seine glitzernde Discojacke und die goldenen Schuhe hatte er nicht abgelegt, und auch seine blaulackierten Fingernägel waren eigentlich nicht gerade für diese Arbeit geeignet. Trotzdem wirkte Orlando wild entschlossen. Er warf Oma einen Packen Schleifpapier zu und nahm einen Hammer zur Hand. »Los geht's!«

Lilli und Jesahja sprachen sich kurz ab und entschieden, noch einmal zum Weststrand zu gehen und nach Riri und Musch zu sehen. Hier wurden sie ganz offensichtlich nicht gebraucht.

Doch bevor sie das tun und Oma und Orlando auch nur Hand an das erste Kanu legen konnten, entdeckte Lilli einen Kutter, der in gar nicht großer Entfernung an ihnen vorübertuckerte. »Ist das nicht das Schiff, das wir gestern schon gesehen haben? Es fährt wieder in Richtung des Sperrgebiets!«

Orlandos Miene verdüsterte sich. »Das ist Strobecks Kutter!«, murmelte er, und man hörte seiner Stimme deutlich an, dass er sauer auf den Fischer war. »Er fährt mal wieder mitten ins Seehundgebiet hinein, um dort zu fischen!«

Lilli spürte Zorn in sich aufflammen. »Das muss aufhören!«

»Wir müssen ihn irgendwie aufhalten«, stimmte Jesahja ihr zu. »Sollen wir die Küstenwache rufen?«

»Das wird nichts bringen.« Orlando schüttelte den Kopf. »Die Männer von der Küstenwache treffen sich jeden Samstagabend mit Strobeck in der Kneipe. Die wissen, dass er hier fischt, und tun nichts dagegen.« Sein Blick wurde klar und konzentriert. »Wir müssen das selbst regeln.«

Oma verstand sofort, was er meinte. »Wir nehmen den Vierer«, sagte sie und war schon auf dem Weg zu dem Kanu, das sie eben inspiziert und für gut befunden hatte. »Wir fahren dem Kutter nach!«

Orlando folgte ihr. »Grit!«, rief er dabei. »Gib uns vier Paddel!«

Grit beeilte sich und drückte jedem von ihnen ein Paddel in die Hand.

Lilli pfiff nach Bonsai, und auch Frau von Schmidt kam herangetippelt. »Wir begeben uns doch wohl nicht etwa *auf* die grässliche Wasserwiese?«, fragte die Katze entgeistert.

»Doch.« Lilli wollte die Tiere nicht allein zurücklassen. »Bitte kommen Sie mit ins Kanu.«

Bonsai sprang sofort hinein, aber Frau von Schmidt weigerte sich. »Kommt nicht in Frage!«, krähte sie. »Auf keinen Fall werde ich –«

Lilli schnappte sie sich einfach und setzte sie ins Boot – was ein lautstarkes Donnerwetter auf Katzisch nach sich zog. Lilli hatte jedoch das Gefühl, dass Frau von Schmidt bei all den starrenden, fotografierenden und filmenden Leuten am Strand nicht gut aufgehoben war.

Ruckzuck trugen sie das große Kanu zum Wasser, und sobald sich alle hingesetzt hatten, ging es los. Nach ein paar anfänglichen Koordinationsproblemen wusste jede und jeder, in welchem Rhythmus gepaddelt werden musste. Mit erstaunlich hoher Geschwindigkeit schossen sie daraufhin über die Wellen, dem Kutter hinterher.

Lilli hatte zwar keine Ahnung, wie sie ein großes Fischerboot aufhalten wollten, aber sie war wütend genug, um nicht darüber nachzudenken. Sie wollte nur, dass die Fischer endlich aufhörten, dort zu fischen, wo die Seehunde lebten. Und wenn sie dafür über sich selbst hinauswachsen musste, dann würde sie das eben tun.

Vogelkommando

Lilli, Jesahja, Oma und Orlando paddelten, was das Zeug hielt. Sie kamen schnell voran, und obgleich das natürlich gut war, hatte Lilli ein klein wenig Angst in dem Kanu. Die Sache mit dem Leck war immerhin richtig heikel gewesen. Doch gleichzeitig hatte Lilli so viel Wut im Bauch, dass diese die Angst einfach zur Seite drängte. Sie wollte diesen Strobeck und seinen Kutter um jeden Preis aufhalten!

Als das Fischerboot sich mitten im Sperrgebiet befand, drosselte es die Geschwindigkeit, bis es nur noch dümpelte. Das Viererkanu konnte nun rasch aufschließen. Lilli erkannte Strobeck und ein paar weitere Männer an Bord, die sich offenbar darauf vorbereiteten, hier zu fischen.

Nach kurzer Zeit hatten sie den Kutter eingeholt. Jetzt entdeckte Strobeck sie. Sein Blick richtete sich auf Orlando in seiner goldenen Jacke. Der Fischer begann abschätzig zu lachen. »Was willst du denn hier?«, rief er Orlando von der Reling aus zu. »Machst du mit deinen Hotelgästen Safari-Schippern, oder was?«

Einer der anderen Männer frotzelte: »Schön herausgeputzt hat er sich wieder, unser Klaus. Schön wie ein Pfau!«

Orlando schien das an sich abprallen zu lassen. »Das sind alles ehemalige Klassenkameraden von mir«, brummte er Lilli zu. »Dass sie sich über mich lustig machen, ist nichts Neues.« Er machte eine abwehrende Handbewegung, als wollte er den Spott der Männer fortschieben und sich auf das Wesentliche konzentrieren. Dann rief er mit fester Stimme: »Hier ist das Fischen verboten, Strobeck!«

»Verboten?« Der Fischer lachte noch lauter. »Mir verbietet niemand, hier zu fischen! In diesem Gebiet haben schon mein Vater, Großvater,

Urgroßvater und Ururgroßvater gefischt. Ich lasse mich nicht von hier vertreiben!«

»Zu Zeiten Ihrer Vorfahren gab es hier aber auch noch genug Fische!«, meldete Jesahja sich zu Wort. »Inzwischen ist fast alles leergefischt.«

»Und dieser Bereich hier ist nun mal für Seehunde!«, erhob Lilli die Stimme. »Die Tiere finden sowieso schon nicht genug Futter. Wenn man ihnen jetzt auch noch den Fisch aus dem Sperrgebiet wegnimmt, müssen sie verhungern!«

»Jetzt übertreib mal nicht so, du vorlaute Göre!«, schmetterte Strobeck ihr entgegen. Mittlerweile standen fast alle Männer neben ihm an der Reling und starrten zu ihrem Kanu herüber.

Frau von Schmidt, die sich die ganze Zeit über eng an Lillis Bein gedrängt hatte, wagte es nun, den Kopf zu heben. »Wer krakeelt hier so ungesittet herum?« Sie lugte zum Kutter hinüber. »Hat dieser geistlos brüllende Trottelprotz dort drüben denn keine Manieren?«

»Das ist der Typ, den Omi gestern beschmissen hat!«, kläffte Bonsai. »Die Fisch-Nulpe!«

»Bleibt bitte am Boden des Boots«, flüsterte Lilli den beiden zu, denn das Kanu schwankte bei jeder Welle.

»Da ist Shocking Jonas!«, zischte Jesahja plötzlich.

Oma wandte sich zu ihm um. »Wer?«

»Der Junge mit der roten Kappe«, antwortete Orlando leise. »Das ist Strobecks Sohn.«

»Der Vollpfosten!«, bellte Bonsai, als er den Jungen erkannte. »Dem haben aus Angst vor mir die Beine geschlottert!«

Lilli wandte sich wieder an Strobeck. »Sie können mich beschimpfen, so viel Sie wollen!« Sie wusste nicht, woher sie den Mut nahm, so mit dem Mann zu reden. Aber sobald sie an Riri dachte, wusste sie, dass sie etwas tun musste. »Die Seehundmütter lassen ihre Jungtiere während der Futtersuche immer länger allein. Sie finden einfach nicht mehr genug. Das ist für die Jungen sehr gefährlich!«

»Was für ein Unsinn!«, feuerte Strobeck zurück. »Nur, weil wir hier fischen, sterben doch nicht gleich die Seehunde aus!«

Da sagte Shocking Jonas etwas. Es war schwierig, es über das Wasser hinweg zu verstehen, aber

Lilli glaubte, ihn einen Einwand vorbringen zu hören: Strobecks Kutter war nicht der einzige, der hier regelmäßig fischte. Die Hansens und die Pedersens taten das auch.

Verblüfft starrte Strobeck seinen Sohn an. »Was willst du denn damit sagen?«

»Die Seehunde ... haben wirklich große Probleme durch uns«, brachte Shocking Jonas hervor, aber Lilli war sich nicht sicher, ob er das wirklich gesagt hatte.

Strobeck wurde allerdings puterrot im Gesicht. »Wer hat dir denn diesen Floh ins Ohr gesetzt?«, brüllte er.

Shocking Jonas blickte zu Lilli und Jesahja, und Lilli wurde klar, dass es offenbar etwas mit diesem Jungen gemacht hatte, sie mit Riri sprechen zu hören.

»Du verschwindest jetzt sofort ins Deckshaus!«, schrie Strobeck seinen Sohn an. »Geh mir aus den Augen, du Depp!«

Shocking Jonas zog den Kopf ein und war gleich darauf nicht mehr zu sehen.

Strobeck war richtig sauer. »Baumkurren fertig machen!«, befahl er seinen Männern.

Lilli wusste nicht, was Baumkurren waren,

aber sie sah, wie die Männer zu den beiden Stangen gingen, an denen die Fischernetze hingen.

»Hören Sie sofort damit auf!«, verlangte Oma. »Oder ich bewerfe Sie bei nächster Gelegenheit wieder mit Fisch!«

Diese Drohung machte Strobeck allerdings nur noch wütender. »Los! Beeilt euch!«, forderte er seine Leute auf.

Die Männer hantierten emsig an den Baumkurren herum und begannen damit, sie auf beiden Seiten des Kutters abzusenken.

»Was machen wir jetzt?«, fragte Jesahja.

Grimmig entschlossen hob Lilli das Kinn. »Ihr Möwen!«, rief sie. »Kommt alle her! Ich brauche eure Hilfe!«

Mit funkelnden Augen schaute Jesahja sie an. »Gute Idee!«

Schon flog die erste heran. »Was gibt's?« Eine zweite und eine dritte erschienen am Himmel, und kurz darauf kreiste ein ganzer Schwarm Möwen über dem Kanu.

Strobeck und die anderen Fischer warfen irritierte Blicke hinauf. Lilli hörte sie tuscheln, und sie war sich sicher, das Wort »Tiersprecherin«

zu hören. Dennoch hatten sie die Netze beinahe so weit.

»Potztausend!«, trillerte eine vertraute Stimme. »Dann habe ich mich doch nicht verhört! Du hast gerufen! Einen entschieden schönen Ruf hast du, die Lilli!« Lotterich flog heran und landete auf dem Rand des Kanus.

»Der abgenudelte Flug-Fritze!«, bellte Bonsai, und Frau von Schmidt miaute geziert: »Die schlampige Geflügelperson gefällt mir immer besser – stets zur Stelle, wenn Madame von Susewind sie braucht!«

Das stimmte. Lotterich war entschieden toll.

»Möchtest du noch mal einen Gefallen getan bekommen?«, erkundigte er sich bei Lilli. »Mein Herz pumpt voll doll vor lauter Vorfreude auf den Gefallen!«

»Meins auch«, wisperte Lilli ihm zu, dann richtete sie sich an alle Vögel: »Bitte haltet die Männer davon ab, ihre Netze ins Wasser zu lassen! Diese Leute wollen Fisch stehlen!«

»Ja!«, kreischte eine Möwe. »Das machen die ständig! Die holen mit ihren Lochsäcken die ganzen leckeren Krebse aus dem Wasser – und für uns sind dann kaum noch welche übrig!«

Lilli wurde klar, dass die Möwen ebenso schlecht auf die Fischer zu sprechen waren wie die Seehunde. »Tut ihnen aber nicht weh!«, bat sie Lotterich leise. »Sag es auch den anderen: Keine Schnäbel und keine Krallen!«

»Gut«, erwiderte der Austernfischer. »Wir machen voll doll Attacke – ohne Schnäbel!«

»Super! Lasst nur den Jungen mit der roten Kappe in Ruhe«, fügte Lilli noch hinzu. »Okay, dann los. Haltet sie auf!«

Strobeck hatte den letzten Satz wohl mitbekommen. Er brach in hämisches Gelächter aus. »Die Vögel sollen uns aufhalten?«, gackerte er. »Das ist das Verrückteste, was ich je gehört habe!«

Lilli entdeckte Shocking Jonas am Bug des Kutters, wo er sich in eine Ecke verkrochen hatte. Der Junge lachte nicht. Vielmehr sah er Lilli an, als glaubte er, dass die Vögel genau das tun würden.

Die Fischer waren noch immer dabei, ihre Netze abzusenken, als der Vogelschwarm kreischend auf sie zu jagte. Strobecks Männern fiel vor Staunen die Kinnlade herunter. In Shocking Jonas' Gesicht zeigte sich hingegen ein Lächeln.

Im nächsten Augenblick waren die Möwen beim Kutter angekommen und wirbelten wild um die Fischer herum – sie schlugen ihnen mit den Flügeln ins Gesicht, zupften an ihrer Kleidung und kreischten ihnen lauthals ins Ohr. Die Männer zuckten erschrocken zusammen, schrien auf und hielten schützend die Hände über den Kopf.

Lotterich hatte sich Strobeck vorgenommen, flatterte vor seinem Gesicht auf und ab und rief in den höchsten Tönen: »Du vermaledeiter Fischdieb, du!«

Strobeck duckte sich und drängte sich schutzsuchend gegen die Reling.

»Der Flug-Fritze bellt die Fisch-Nulpe in die Ecke!«, kläffte Bonsai begeistert. »Und die anderen Flug-Fritzen machen das mit den anderen Fisch-Nulpen auch!«

Und genau so war es. Die Vögel attackierten die Männer ohne Schnäbel und Krallen, dafür aber mit einer Menge Federwind und Gekreische. Jeder Fischer hatte mit mindestens zwei oder drei Vögeln zu kämpfen – bis auf Shocking Jonas, den sie in Ruhe ließen.

»Jonas!«, brüllte sein Vater. »Hilf mir!«

Shocking Jonas starrte ihn aber nur an. »Wer ist jetzt der Depp?«

Diese Erwiderung schien Strobeck sowohl zu verblüffen als auch noch mehr auf die Palme zu bringen. »Wie kannst du es wagen, so mit mir zu reden?«

»Die Biester picken nicht!«, rief plötzlich einer der Männer. »Die flattern nur rum!«

Lilli schluckte. Was würden die Fischer nun tun?

»Schnappt euch die Viecher!«, donnerte Strobeck und fing an, nach Lotterich zu haschen. Der Vogel musste zurückweichen, um nicht von ihm erwischt zu werden. Den Möwen ging es nicht besser, denn die Fischer versuchten allesamt, sie zu fangen.

»Rückzug!«, schrie Lilli. »Sofort zurückziehen!« Sie wollte auf keinen Fall, dass einer der Männer einen Vogel zu fassen bekam.

Die Vögel stoben in die Luft. »Das war entschieden knapp, die Lilli!«, zirpte Lotterich.

Da sah Lilli, wie Strobeck wutschnaubend auf seinen Sohn zustampfte. »Du kommst dir wohl sehr schlau vor, was? Aber dein freches Maul werd' ich dir stopfen!«

Shocking Jonas wich einen Schritt zurück, doch gleich hinter ihm war die Reling. Der Junge verlor das Gleichgewicht und ging im nächsten Moment über Bord. Mit einem Schreckensschrei fiel er ins Wasser.

»Auweia!«, entfuhr es Oma.

»Der Vollpfosten ist reingeplumpst!«, vermeldete Bonsai.

Frau von Schmidt riss die Augen auf. »Die Nordsee wird ihn verschlingen, wenn wir sie nicht aufhalten!« Sie machte einen Buckel. »Wage es nicht, dem Jungen auch nur ein Haar zu krümmen, du Möchtegern-Großplatsch, sonst kriegst du es mit mir zu tun!«, keifte sie das Wasser an.

Lilli beobachtete entsetzt, was geschah. Strobeck stand mit erschütterter Miene an der Reling. »Jonas!«, gellte er, und mit einem Mal wirkte er gar nicht mehr zornig, sondern nur noch panisch vor Sorge. »Verflucht! Wo bist du?«

Shocking Jonas tauchte nicht wieder auf. Mit jeder Sekunde, die verstrich, wurde Lilli unruhiger. Und dann fiel ihr ein, was Orlando ihnen über die größten Sturköpfe von Oberlinsenhusen erzählt hatte: Sämtliche Mitglieder der Fischerfamilien konnten nicht schwimmen und wollten es partout auch nicht lernen. »Er wird ertrinken!«, schrie Lilli.

»Damit das nicht passiert, sollten Sie mit mir die Nordsee in Schach halten«, empfahl Frau von Schmidt.

Die Möwen flogen kreischend über der Wasseroberfläche hin und her. »Warum ist der Junge reingesprungen?«

»War das Absicht, oder will der gar nicht schwimmen, der Junge?«, fragte Lotterich.

»Jonaaas!«, gellte Strobeck außer sich und warf einen Rettungsring ins Wasser.

»Jemand muss hineinspringen und nach Jonas tauchen!«, sagte Lilli, die sich wünschte, sie wäre eine bessere Schwimmerin. Sie war ganz aufgeregt. »Soll ich die Seehunde rufen?«

»Die können gar nicht so schnell hier sein, wie wir sie brauchen«, entgegnete Jesahja.

Da erhob sich Orlando und zog seine glitzernde Jacke und die goldenen Schuhe aus.

»Bist du ein guter Schwimmer?« Oma blickte ihn angespannt an. »Kannst du gut tauchen?«

»Das kann ich«, erwiderte Orlando. »Besser als alle auf dem Kutter zusammen.« Mit diesen Worten sprang er ins Wasser.

»Klaus!«, rief einer der Männer überrascht. »Das gibt's ja gar nicht …«

Die anderen Fischer – allen voran Strobeck – sahen genauso ungläubig drein.

Lilli hielt die Luft an. Würde Orlando den Jungen unter Wasser finden?

Strobeck beugte sich so weit über die Reling, dass Lilli sich Sorgen machte, er könnte auch hineinstürzen. Der Gesichtsausdruck des Fischers verriet nackte Angst.

»Lilli! Der Vollpfosten!«, bellte Bonsai kurz darauf.

Lilli sah es auch. Shocking Jonas war aufgetaucht! Orlando hielt ihn von hinten umfangen und hatte ihn so heraufgezogen.

»Jonas!«, schrie Strobeck und klang dabei, als fiele ihm der gigantischste Stein aller Zeiten vom Herzen. Hastig warf er eine Strickleiter über die Reling.

Orlando schwamm mit Shocking Jonas im Schlepptau zu der Leiter, während der Junge hustete und nach Luft schnappte. Orlando half ihm, die Leiter zu erhaschen, und fragte ihn, ob er hinaufklettern könne. Shocking Jonas nickte matt und zog sich mit schweren Bewegungen hinauf. Oben nahm sein Vater ihn in Empfang. Mit einem verzweifelt-liebevollen Aufschrei zog er ihn in seine Arme. »Junge! Was machst du denn für Sachen?«

Shocking Jonas umarmte seinen Vater und ließ sich von ihm halten. Fest umschlungen standen die beiden da.

»Ihr Fischer solltet besser mal schwimmen lernen!«, rief Orlando nach oben und kraulte zurück zum Kanu. Als er wieder an Bord kam, war er patschnass und seine normalerweise kunstvoll frisierten Haare hingen ihm platt in die Stirn. Sein Augen-Make-up lief in schwarzen Rinnsalen über seine Wangen. Doch in seinem Blick lag ein zufriedenes Leuchten.

»Klaus!«, hörten sie Strobeck rufen.

Orlando wandte sich ihm zu. »Ja?«

»Du … du hast …«, brachte Strobeck stockend hervor. »Du hast meinem Jungen das Leben gerettet!«

Einige der anderen Fischer nickten betreten, als schämten sie sich nun ein bisschen dafür, dass sie sich so oft über Orlando lustig gemacht hatten.

»Danke!«, fügte Strobeck reumütig hinzu. »Danke, Klaus.«

Orlando strich sich die nassen Haare aus dem Gesicht und antwortete: »Wie wäre es, wenn ihr mich zum Dank ab heute Orlando nennt?«

Verdutzt starrte Strobeck ihn an. »Na ja, das wäre … wirklich seltsam.«

Sein Sohn stieß ihm den Ellbogen in die Seite. »So schwer ist das auch wieder nicht«, hörte Lilli ihn sagen.

»In Ordnung.« Strobeck blickte auf seinem Kutter in die Runde. »Ab heute nennen wir dich Orlando.«

Verlegen nickten die Männer.

»Und was ist mit den Seehunden?«, ergriff Lilli die Gelegenheit, auf das ursprüngliche Problem zurückzukommen.

»Hört ihr auch auf, im Sperrgebiet zu fischen?«, fragte Orlando zum Kutter hinüber.

Strobeck gab ein gut hörbares Stöhnen von sich. »Das geht jetzt echt zu weit!«

Jesahja klinkte sich ein. »Ich glaube, Sie kennen gar nicht alle Fakten!«, sagte er. »Sie wissen gar nicht alles über die Situation der Seehunde, was Sie wissen sollten!«

Shocking Jonas stimmte ihm zu. »Das glaube ich auch.«

»Wie wäre es, wenn wir uns alle mal in Ruhe miteinander unterhalten würden?«, schlug Oma den Fischern vor.

Strobeck brauchte einen Augenblick, um darüber nachzudenken. Dann antwortete er: »Na gut, meinetwegen.«

»Prima!« Oma wirkte sehr zufrieden. »Wir treffen uns heute Abend in Orlandos Hotel. Und dann reden wir.«

Strobeck war einverstanden. Er wandte sich ab, um den Motor anzuwerfen.

Lilli schaute dem Kutter nach, wie er nun langsam davontuckerte, und hoffte inständig, dass die Fischer nach Jonas' Rettung etwas offener waren. Rasch wandte sie sich an die Vögel, die über ihr kreisten, und bedankte sich bei ihnen für ihre Hilfe. Lotterich fand, dass sie sich gar nicht bedanken musste, weil das doch selbstverständlich und überhaupt eine entschieden gute Aktion gewesen wäre. Eine Möwe fragte jedoch, ob ihre Attacke überhaupt etwas gebracht hätte und die Fischer dadurch in Zukunft keine Fische mehr stehlen würden.

Darauf hatte Lilli allerdings keine Antwort. Doch sie hoffte, schon am Abend eine zu bekommen.

Die Fischer von Oberlinsenhusen

Am Abend platzte der Speiseraum des Hotels beinahe aus allen Nähten. Lilli, Jesahja, Oma, Orlando, Bonsai und Frau von Schmidt waren hier, ebenso wie Lillis Eltern, die inzwischen auf den neuesten Stand gebracht worden waren. Außerdem hatten sich auf Einladung von Orlando auch die beiden Fischerfamilien Hansen und Pedersen eingefunden.

Familie Strobeck marschierte als Letztes in den Raum, allen voran Strobeck selbst. Hinter ihm kamen Shocking Jonas und einige weitere Personen, die wohl zur Familie gehörten.

Schließlich folgten die Männer, die mit ihm auf dem Kutter gewesen waren.

Orlando nickte Strobeck zu, und der nickte zurück.

»Wir treffen uns hier, um etwas sehr Wichtiges zu besprechen!«, hob Orlando an, und mit einem Schlag wurden alle still. »Es geht um das Sperrgebiet.«

Eine Frau mit raspelkurzen Haaren meldete sich zu Wort. »Stimmt es, dass du Jonas heute das Leben gerettet hast?« Mit schiefem Blick musterte sie Orlando, der frisches Make-up trug und wieder wie aus dem Ei gepellt aussah.

»Das stimmt«, bestätigte Strobeck. »Und das … werde ich nicht vergessen. Du hast was gut bei mir … Orlando.«

»Orlando?«, äffte die Frau mit den kurzen Haaren. »Du nennst ihn jetzt bei diesem hirnrissigen Namen?«

Ein paar Leute lachten abfällig.

»Ja, mein Junge wäre ohne ihn ertrunken!«, versetzte Strobeck.

Unwillig verzog die Frau den Mund, sah aber wohl ein, dass das ein gutes Argument war.

»Zurück zum Sperrgebiet!«, rief Oma.

Ein Mann mit grauem Bart – der »alte Pedersen«, wie Lilli zuvor erfahren hatte – ergriff das Wort. »Der Weststrand ist bestimmt aus guten Gründen zum Sperrgebiet erklärt worden«, sagte er. »Natürlich will niemand den Seehunden etwas Böses …«

Shocking Jonas senkte den Blick. Garantiert tat es ihm inzwischen leid, dass er so oft mit seiner Lautsprecher-Box in den Dünen Krach gemacht hatte.

»Aber es ist doch so …«, fuhr der alte Pedersen fort. »Wenn wir nicht mehr vor dem Weststrand fischen können, verlieren wir Fischer unsere Existenz! So einfach ist das.«

Gemurmel erhob sich. Sämtliche Fischer schienen ihm zuzustimmen.

»Dort leben aber nun einmal die Seehunde!«, warf Lilli ein und wurde stocksteif, als sich alle Blicke auf sie richteten. »Was sollen sie denn fressen, wenn Sie ihnen alles wegfischen?«, schob sie mit piepsiger Stimme nach.

»Es gibt keinen Ort, an den die Seehunde ausweichen könnten«, fügte Jesahja hinzu und trat neben Lilli.

»Für mich sieht es so aus: Hier können nur

entweder die Menschen oder die Seehunde leben. Beides geht nicht«, sagte die Frau mit den raspelkurzen Haaren.

»Genau!«, pflichtete ihr ein Mann bei, der hinter ihr stand. »Menschen sind ja wohl wichtiger als Tiere.«

Wütend presste Lilli die Lippen aufeinander.

»Vielleicht gibt es ja doch einen Weg, wie Menschen und Seehunde friedlich miteinander leben können?«, warf eine ältere Frau mit blondem Haar ein, die sich zuvor als Frau Hansen vorgestellt hatte. »Können wir nicht alle zusammen noch mal nachdenken?«

»Das ist Zeitverschwendung!«, kommentierte jemand.

»Nein, ist es nicht!«, mischte Oma sich ein. »Ich habe da nämlich eine Idee.«

Erstaunt blickte Lillis Mutter sie an. »Was denn für eine?«

Lilli war ebenfalls gespannt. Oma sah aus, als wäre ihr eine Lösung eingefallen!

»Die Fischer von Oberlinsenhusen müssen das Fischen aufgeben«, eröffnete Oma.

Augenblicklich erscholl zornige Gegenrede.

Oma hob die Hände und bat um Ruhe. Es

dauerte etwas, aber schließlich konnte sie weitersprechen. »Das muss ja nicht automatisch heißen, dass alle arbeitslos werden.«

»Natürlich heißt es das!«, entgegnete die Frau mit den kurzen Haaren aufgebracht. »Wir sind Fischerfamilien!«

Oma blieb ruhig und erwiderte: »Man könnte die Fischkutter der Hansens, Strobecks und Pedersens meiner Meinung nach prima umfunktionieren.«

»Umfunktionieren?«, hakte Strobeck nach.

»Ja, man könnte etwas anderes aus ihnen machen«, erklärte Oma. »Etwas, das Geld bringt! Wenn Sie aus Ihren Kuttern etwas Neues machen, können Sie in Zukunft von etwas anderem als vom Fischfang leben.«

Die Fischer schauten Oma an, als fragten sie sich, ob diese Frau noch ganz bei Verstand war.

»Aber was könnte man denn aus Fischkuttern anderes machen?«, wollte der alte Pedersen wissen.

Oma grinste. »Zum Beispiel einen Abenteuerspielplatz!«, antwortete sie. »Was meinen Sie, wie viele Kinder gern auf einem echten Schiff

Pirat spielen würden? Das wäre *die* Attraktion im ganzen Landkreis!«

Da meldete sich Sven zu Wort, der offenbar aus der Küche gekommen war und die ganze Zeit unbemerkt im Türrahmen gestanden hatte. »Aus unserem Kutter könnte man vielleicht ein Restaurant machen«, schlug er schüchtern vor. »Die Urlauber fänden es bestimmt toll, auf einem Schiff zu essen.«

»Ein Pfannkuchenrestaurant!«, fiel Oma begeistert ein. »Ein klasse Einfall!«

Sven errötete und wollte wieder in die Küche fliehen, da hielt Frau Hansen ihn zurück. »Schatz, das wäre toll!«, sagte sie. »Und du wärst der Chefkoch!«

Svens Gesichtsfarbe nahm einen dunkelroten Ton an, doch er lächelte. »Wäre es wirklich in Ordnung, Mama, wenn ich kein Fischer werde?«

»Natürlich!«, erwiderte Frau Hansen. »Ich bin so stolz darauf, wie toll du kochen kannst. Und deine Pfannkuchen sind so gut, dass bestimmt sogar Leute aus Unterplunderdonk und Obergammelsdeich kommen würden, um sie zu essen!«

Sven strahlte über das ganze Gesicht.

»Das könnte tatsächlich klappen«, bemerkte ein Mann, der neben Frau Hansen stand. »Ein Pfannkuchenrestaurant … Ja! Warum nicht?«

»Und aus unserem Kutter wird ein Museum!«, platzte Shocking Jonas heraus. »Wir haben doch noch so viel alten Kram von früher, von Opa, Uropa und Ururopa! Da sind richtig spannende Sachen dabei, zum Beispiel die Schatztruhe aus dem neunzehnten Jahrhundert oder die alte Flaschenpost!«

»Das sind wirklich interessante Dinge«, räumte Strobeck ein. »Und ehrlich gesagt wäre es mir auch recht, das Fischen aufzugeben. In den vergangenen Jahren ist es immer schwieriger geworden, genug zu fangen …«

Zustimmendes Gemurmel erklang.

Strobeck sprach weiter. »Aber es kostet Unsummen, unsere Kutter in etwas anderes zu verwandeln. Wo sollen wir das Geld für die Umbauten denn hernehmen?«

Jesahja hatte sofort eine Antwort parat. »Crowdfunding!«

Lilli hatte keine Ahnung, was das heißen sollte, und bemerkte auch bei einigen anderen Anwesenden fragende Mienen.

»Beim Crowdfunding finanzieren viele Leute zusammen ein Projekt«, erklärte Jesahja. »Das ist wie Spenden, aber man spendet nicht für eine Sache, die es schon gibt, sondern dafür, dass eine Sache überhaupt erst auf die Beine gestellt werden kann.« Lilli sah Jesahja an, dass in seinem Kopf gerade ein Plan entstand. »Also«, sagte er, und alle Erwachsenen hörten ihm zu. »Wie die meisten von Ihnen wahrscheinlich schon bemerkt haben, macht die bekannte Fernsehmoderatorin Regina Susewind gerade Urlaub im Dorf.« Er schaute zu Lillis Mutter, die verdutzt die Brauen hob. »Vielleicht könnte Frau Susewind einen Bericht über Oberlinsenhusen im Fernsehen bringen …«

Lillis Mutter sperrte vor Überraschung den Mund auf.

»Sie könnte ihr Team zu einem Dreh herbitten«, fuhr Jesahja fort. »In dem Bericht würde es darum gehen, dass die Menschen in diesem Ort den Naturschutz voranbringen möchten. Sie als Einwohner könnten interviewt werden und erklären, dass Sie etwas für die Seehunde tun möchten und bereit sind, dafür das Fischen aufzugeben. Aber um das umzusetzen, bräuchten

Sie Hilfe! Nur wenn die Zuschauer die Umbauten der Kutter finanzieren, klappt das Ganze.« Er lächelte zuversichtlich. »Ich glaube, daran würden sich viele Menschen beteiligen. Immerhin wäre das ein Beitrag zu einer richtig guten Umweltaktion!«

Einen Augenblick lang schwiegen alle. Dann sagte der alte Pedersen: »Die Idee ist gar nicht übel.«

Einige der Fischer stimmten ihm zu.

Jesahja schaute zu Lillis Mutter. »Würdest du …«

Frau Susewind tat, als müsste sie sich das erst einmal schwer überlegen. »Na klar würde ich das machen!«, erwiderte sie dann lachend.

Jesahja strahlte sie an.

»Es soll aber bitte keiner von den Fernsehleuten Klaus interviewen!«, wandte die Frau mit den raspelkurzen Haaren ein. »Sonst denken alle, in Oberlinsenhusen wohnen Irre. Und dann machen die Zuschauer nicht mit!«

Jesahja bröckelte das Lächeln aus dem Gesicht.

Orlando hingegen stieß ein kurzes, bitteres Lachen aus.

»Quatsch! Orlando sollte unbedingt interviewt werden!«, erklang eine Stimme. Es war Strobeck, der vortrat und sich neben Orlando stellte. »Er war früher in der Schule schon immer der Beste im Reden.«

»Ja, er hat immer ewig lange Referate gehalten!«, warf ein Fischer ein, der das wohl als Scherz meinte.

Doch viele der anderen Fischer nickten ernst. Einer sagte nachdenklich: »Er hat immer die *besten* Referate gehalten.«

»Ja, das stimmt«, bekräftigte Strobeck. »Aber nicht nur deswegen sollte er unbedingt interviewt werden, sondern noch aus einem zweiten Grund: Orlando gehört zu uns. Er ist einer von uns und kann für ganz Oberlinsenhusen sprechen. Deshalb sollte er in vorderster Reihe stehen, wenn das Fernsehteam kommt.«

Orlandos Augen waren während dieser Worte immer größer geworden. Er schien kaum glauben zu können, was Strobeck da sagte. »Ich danke dir«, brachte er leise hervor.

Strobeck lächelte ihn an.

Ein anderer Fischer wandte sich an Orlando. »Es tut mir leid, dass ich dich so oft gehänselt habe«, brummte er. »Ich war manchmal ganz schön gemein.«

»Das warst du!«, bestätigte Orlando. »Aber wenn du es jetzt einsiehst, trage ich dir nichts nach.«

Der Fischer streckte Orlando die Hand entgegen, und dieser schüttelte sie kräftig.

Einige andere Männer und Frauen baten Orlando nun ebenfalls um Entschuldigung, ein paar Leute klopften ihm sogar auf die Schulter.

Lilli war ebenso überrascht darüber, wie sich dieses Gespräch entwickelt hatte, wie Orlando es sein musste. Aber letztendlich war sie einfach nur unendlich froh. Orlando wirkte so glücklich, dass ihr beinahe die Tränen kamen. Gleichzeitig wusste sie, dass zu einem richtigen Happy End immer noch ziemlich viel Geld fehlte. Aber das würden sie bekommen. Wenn ihre Mutter ihnen half, würde es klappen. Daran glaubte sie ganz fest.

Besser so

Zwei Tage später kam das Fernsehteam. Lillis Mutter hatte alles genau geplant und führte selbst die Interviews mit den Dorfbewohnern. Die Oberlinsenhusener waren es nicht gewohnt, vor einer Kamera zu sprechen, und viele waren auch zu schüchtern dazu. Doch Strobeck, der alte Pedersen, Frau Hansen und Orlando stellten sich bereitwillig Frau Susewinds Fragen und erklärten die Situation im Dorf derart anschaulich, dass Lilli ganz begeistert war. Sie und Jesahja waren bei allen Interviews dabei und gaben Ratschläge, wie man das Problem der

Seehunde noch besser erläutern konnte. Orlando griff die Tipps auf und bat die Fernsehzuschauer eindringlich um ihre Mithilfe, damit die Seehunde endlich in Ruhe würden leben können. Als er fertig war, klatschte Lilli überschwänglich Beifall und umarmte Orlando ganz fest. Ihr Bauchgefühl sagte ihr, dass seine Worte es schaffen würden, die Menschen zu erreichen.

Am Ende der Woche lief der Bericht bereits im Fernsehen. Lillis Mutter hatte ihre Kontakte spielen lassen, und so wurde der Beitrag zur besten Sendezeit ausgestrahlt. Ganz Oberlinsenhusen sah zu – und garantiert unzählige andere Menschen überall im Land.

Am nächsten Morgen kamen einige Strobecks, Hansens und Pedersens ins Hotel und beglückwünschten Orlando zu seinem tollen Interview.

Lilli und Jesahja saßen mit Bonsai und Frau von Schmidt auf der Theke der Rezeption und staunten über die Zuversicht und den Tatendrang der Dorfbewohner. Wenn die drei Fischerfamilien ihre Kutter in einen Piratenspielplatz, ein Pfannkuchenrestaurant und ein Fischereimuseum verwandelten und den Seehunden in Zukunft nicht mehr die Nahrung streitig machten, konnte sich auch der Fischbestand vor der Küste erholen. Bestimmt würde das viele Jahre dauern, aber der Anfang war gemacht – falls die Fernsehzuschauer genug Geld spendeten, um den Plan Wirklichkeit werden zu lassen.

Als die Leute gerade angeregt darüber diskutierten, welche ihrer Familienmitglieder in Zukunft welche Aufgaben übernehmen könnten, kam Frau Susewind hinzu. Mit einem breiten Grinsen im Gesicht verkündete sie, dass das Publikum viel Geld gespendet hätte – sogar weitaus mehr als erwartet! Nicht nur die drei Kutter konnten umgebaut werden, es war sogar noch Geld für zusätzliche Mülleimer am Strand übrig. Außerdem würde ein Zaun rund um das Seehundsperrgebiet gebaut werden können!

Die anwesenden Dorfbewohner waren so begeistert von diesen Neuigkeiten, dass sie sich für eine Weile in den Armen lagen und danach beschlossen, am Abend eine große Party zu feiern. Oberlinsenhusen würde sich grundlegend verändern, und das freute alle so sehr, dass eine ganz besondere Aufbruchstimmung in der Luft lag.

Strobeck erzählte zudem etwas, das Lilli aufhorchen ließ. »Jonas war heute beim Sperrgebiet«, sagte er und zwirbelte sich den Bart. »Er ist nicht reingegangen, aber er hat am Anfang des Seehundbereichs zwei Pfosten aufgestellt und dazwischen eine Leine gespannt – als provisorische Absperrung, solange der richtige Zaun noch nicht da ist. Und wisst ihr was? Jonas hat gesagt, er hätte keine Menschen im Sperrgebiet gesehen! Ich glaube, der Fernsehbericht hat alle zum Nachdenken gebracht. Jetzt halten sich die Leute an die Regeln!«

Zwar sagte Strobeck das in einem Tonfall, als hätte er selbst nie die Regeln gebrochen, aber Lilli machte seine Bemerkung dennoch glücklich – so glücklich, dass sie mit einem Satz von der Theke sprang. »Das will ich mit eigenen Augen sehen!«

Jesahja ließ sich ebenfalls hinabgleiten. »Ja, lass uns hinlaufen!«

Sie verabschiedeten sich von den Erwachsenen und rannten gemeinsam mit Bonsai und Frau von Schmidt den Strandweg entlang. Da traf Lilli ein kleiner Wollgraszweig am Kopf. »Huhu, die Lilli!«, zwitscherte Lotterich über ihr. »Ich habe mir überlegt, dass es eigentlich besser wäre, wenn ich dir gewachsene Dingse schenken würde, oder? Das Wuschelteil hier wuschelt so schön, dass man sich fragt, ob man je etwas so entschieden schön wuscheln gesehen hat wie dieses Dings! Bist du damit einverstanden, mit selbst gewachsenen Dingsen?«

»Ja, es ist zum Glück sowieso nicht mehr so viel Müll da«, antwortete Lilli dem Austernfischer. »Da ist es eine gute Idee, auf andere Dingse umzuschwenken. Das Wuschelteil hier ist wirklich toll! Das ist das entschieden schönste Dings aller Zeiten!«

Als Jesahja das hörte, bogen sich seine Mundwinkel in die Höhe.

Lotterich kreischte vor Glück: »Ich glaub, ich werd' zum Storch!«, und flog davon, um noch mehr zu finden.

»Lilli!«, meldete sich Bonsai zu Wort. »Gehen wir Stöckchen werfen oder Nordsee verbellen?«

»Weder noch!« Lilli erklärte den Tieren beim Gehen, was passiert war und was sie vorhatten. Schließlich versuchte Bonsai, alles noch einmal zusammenzufassen. »Also, der Vollpfosten hat zwei Pfosten angeleint?«

»So ähnlich.« Lilli überlegte. »Lass ihn uns anders nennen, ja? Jonas ist gar kein Vollpfosten. Und *Shocking* ist er auch nicht mehr.«

Frau von Schmidt fragte: »Ist er denn ein Trottelprotz wie sein Vater?«

»Nein, auch sein Vater ist –«, begann Lilli, aber Bonsai unterbrach sie.

»Ein Blödspacken!«, schlug er vor. »'ne Matschbirne!«

Lilli seufzte. »Ich glaube, das Nordseebeschimpfen hat euch in eine komische Stimmung gebracht. Könntet ihr bitte damit aufhören?«

Bonsai musste gar nicht lange nachdenken. »Ich fand das eh langsam öde. Außerdem bin ich doch eigentlich voll nett!«

»Genau!«, pflichtete Lilli ihm bei.

»Nun gut.« Frau von Schmidt blieb stehen und wiegte ihren zierlichen, orangefarbenen Kopf. »Aber nur, weil ich denke, dass unsere vereinte Verschreckungsarbeit Früchte getragen und die Nordsee dermaßen verängstigt hat, dass ohnehin keine weiteren Beschimpfungen notwendig sind.«

Lilli ließ sie in dem Glauben. Hauptsache, das Schimpfen hörte auf.

Da klingelte Jesahjas Handy. Er schaute auf das Display und nahm ab. »Hallo Papa«, grüßte er und begann, mit seinem Vater zu sprechen. Zuerst redete Jesahja ganz normal, aber dann wurde er immer stiller und sein Gesichtsausdruck immer verkniffener.

Fragend blickte Lilli ihn an.

Jesahja hielt ihr sein Handy ans Ohr. Da hörte Lilli Jesahjas Eltern miteinander streiten. Akeele schien vergessen zu haben, dass er gerade mit seinem Sohn telefonierte, und machte seiner Frau Vorwürfe – auf die sie mit bitteren Erwiderungen reagierte.

Lilli hatte genug gehört. Sie nahm das Handy und legte auf, bevor sie es Jesahja zurückgab.

Niedergeschlagen kommentierte er: »Es wird immer schlimmer …«

»Ich fürchte auch.« Lilli dachte nach. »Sag mal … ist es nicht vielleicht besser, dass sie sich scheiden lassen?«

»Besser?« Jesahja schaute sie an, als könnte sie das nicht ernst meinen.

»Wenn sie getrennt sind, hört das Streiten endlich auf«, sagte Lilli. »Dann können sie sich beruhigen und nach einiger Zeit womöglich wieder normal miteinander reden. Wenn sie zusammenbleiben würden, wäre das doch die Hölle für alle!«

Jesahja dachte darüber nach. Schließlich sagte er: »Hmm. Vielleicht …«

»Dieser ständige Streit ist ja nicht zum Aushalten«, setzte Lilli hinzu. »Und eine Scheidung heißt doch nicht, dass deine Eltern Feinde sind, oder? Es heißt nur, dass sie nicht mehr zusammenwohnen müssen, wenn sie das eigentlich gar nicht mehr wollen.«

Nachdenklich hörte Jesahja ihr zu.

»Also, ich wohne immer genau dort, wo es mir gerade passt«, warf Frau von Schmidt ein.

Lilli ließ sich nicht beirren. »Manche geschiedenen Eltern sind doch sogar ganz gute Freunde – zum Beispiel die von Sonay, oder?« Ihre Klassenkameradin Sonay hatte Lilli einmal erzählt, dass ihre Eltern trotz Scheidung gut miteinander klarkämen – sogar viel besser als vorher. »Bonsai sagt immer, dass letztendlich alles gut wird …«

Bonsai wuffte: »Yo.«

»Und meistens hat er damit recht.«

»Doppel-Yo!«, kläffte Bonsai nachdrücklich.

»Vielleicht ist die Scheidung ja gar keine Katastrophe, sondern etwas Gutes.« Lilli lächelte Jesahja an.

Grübelnd blickte er aufs Meer. »Ich glaube, da könnte etwas dran sein ...«

Lilli nahm seine Hand. Er drückte sie, und gemeinsam spazierten sie über den Strand bis zum Sperrgebiet. Jonas hatte tatsächlich eine lange Leine gespannt, um die Schutzzone besser zu kennzeichnen. Lilli war sehr zufrieden, denn sie entdeckte keinen einzigen Menschen am Seehundstrand oder in den Dünen.

»Ich würde gern noch mal Riri und Musch sehen, um ihnen zu erzählen, dass ab jetzt keine Fischer mehr ihr Futter klauen«, sagte Lilli. »Aber wir sollten die Schutzzone nicht betreten – nie wieder.«

Das sah Jesahja genauso. »Ja, keine Extrawurst mehr für uns. Wir bleiben ebenso draußen wie alle anderen.«

Plötzlich hörte Lilli ein vertrautes Grölen. »Lilli!« Es war Riri, die hinter ein paar Büschen hervorgerobbt kam. Gleich hinter ihr war Musch.

»Knirpsi!«, bellte Bonsai erfreut, und als Antwort erhielt er ein fröhliches »Musch musch!«.

Die beiden näherten sich, und Lilli erkannte, dass noch mehr Seehunde hinter den Büschen gelegen hatten. Es waren mehr als ein Dutzend, und sämtliche Tiere bewegten sich nun auf sie zu.

»Moinsen!«, grölten sie, während sie unter der Leine hindurchrobbten und Lilli umringten. »Heute sind viel weniger Zweibeiner da!«

»Ja, und das wird auch so bleiben«, erklärte Lilli. »Die Zweibeiner werden nicht mehr in euer Gebiet kommen. Und sie nehmen euch in Zukunft auch nicht mehr den Fisch weg!«

Überrascht blickte Riri sie an. »Wirklich? Das ist ja … das ist ja phänomenal!« Sie legte den Kopf in den Nacken und stieß ein langgezogenes Geräusch aus, das wie »Juhuuu!« klang.

Die anderen Seehunde und sogar Musch stimmten in den Jubelton mit ein.

Da musste Lilli lachen. Ganz laut lachen musste sie, tief aus dem Bauch heraus, und ihr Lachen vereinigte sich mit dem Grölen der Seehunde zu einem wunderschönen Freudengeheul.

Sie blickte Jesahja an, und der lachte befreit und erleichtert mit. Er lachte sogar lauter als Lilli, was das Glück in ihr nur noch verstärkte. Die

Sträucher auf den Dünen des Seehundstrandes schossen daraufhin in die Höhe, und innerhalb weniger Sekunden wuchsen unzählige weiß-gelbe Blüten an ihren Zweigen, die wie kleine Sterne in der Sonne leuchteten und diesen ganz besonderen Glücksmoment der Menschen und Seehunde zum prächtigsten Anblick machten, den man wohl je in Oberlinsenhusen gesehen hatte.

Kennst du schon Lillis Abenteuer in Afrika? Auf den nächsten Seiten bekommst du eine kleine Kostprobe davon! Blätter schnell weiter …

Liliane Susewind

Giraffen übersieht man nicht

Mit Bildern von
Eva Schöffmann-Davidov

Im Buchhandel erhältlich!

Lula

»Was sind das denn für Flatschriesen?«, quiekte Bonsai. »Also, ich mein, die haben riesige Flatschen auf dem Fell! Also, die sind riesig … mit Flatschen!« Er war ganz durcheinander. Giraffen hatte er noch nie gesehen.

»Ohhh«, gurrte Frau von Schmidt angetan. »Dies sind zwar gewiss keine Löwen, aber dafür absolut königliche Halsigkeiten!«

Die Giraffen waren gerade mit Fressen beschäftigt. Genüsslich mampften sie die Blätter einiger Bäume und nahmen von Lilli und den anderen kaum Notiz.

Bis auf eine. Eine der Giraffen schüttelte sich, als könnte sie ihren Augen nicht trauen. Dann klimperte sie zweimal mit den langen Wimpern und streckte den Hals vor.

»Die sieht aus, als ob sie 'ne Brille bräuchte«, bemerkte Jesahja.

Mit weit vorgerecktem Hals beäugte die Giraffe sie, als wären sie Außerirdische. »Was sehe ich denn da?«

»Ähm, mich«, antwortete Lilli, denn die Giraffe hatte den Blick nun fest auf sie gerichtet.

Als Lilli sprach, zuckten die Ohren einiger Giraffen, doch sie kauten unbeirrt weiter.

Die vorwärtsgebogene Giraffe richtete sich auf, schüttelte sich noch einmal und kniff die Lider zusammen. Dann öffnete sie die Augen wieder und schien gespannt zu sein, ob Lilli noch da stand oder ob sie Einbildung gewesen war. »So was!«, rief sie. »Die ist echt!« Mit raschen Schritten kam sie nun zu ihnen herüber. Diese Giraffe war sogar noch ein ganzes Stück größer als die anderen – eine wahre Gigantin.

Lillis Vater stellte sich schützend vor Lilli, aber sie schob ihn sanft zur Seite. Sie hatte keinerlei Angst vor dem riesenhaften Tier.

»Die ist 'n echter Lulatsch«, bemerkte Bonsai und wich drei Schritte zurück.

»Welch wunderschöne Klimper-Wimpern!«, miaute Frau von Schmidt.

Da hatte die Giraffe sie erreicht. »Du bist ja drollig!« Neugierig schnupperte sie an Lilli. »Bist du eine Baby-Giraffe?«

Lilli lächelte. Wenn Tiere sie zum ersten Mal sahen, hielten sie sie oft für eine von ihnen. »Nein, ich bin ein Menschenmädchen, und ich kann mit Tieren sprechen.«

»Ah so«, brummte eine der anderen Giraffen, die ihr Ohr beim Fressen in Lillis Richtung gedreht hatte und ein bisschen aussah wie eine Oma-Giraffe.

»Ich bin Lula«, stellte sich die große Giraffe vor und klimperte zweimal mit den Wimpern.

»Phänomenal!«, zirpte Frau von Schmidt.

»Ich bin Lilli«, sagte Lilli.

»Du hast die Punkte schön«, fand die Giraffe.

»Punkte?«, staunte Lilli, dann begriff sie. »Das sind nur Stiche, Mückenstiche. Die gehen wieder weg.«

»Wenn du sie lieb fragst, bleiben sie vielleicht«, erwiderte Lula ernst. »Sag mal, hast du mal was auf den Kopf gekriegt?«, erkundigte sie sich. »So, dass du zusammengeknüllt wurdest?«

»Nein!«, entgegnete Lilli. »Wieso?«

»Wäre ja nicht schlimm«, sagte die Giraffe, während sie Lilli gründlich von unten bis oben anschaute. »Aber irgendwas hat dich plattgedrückt.« Da fiel ihr Blick auf Lillis Hals. »Huch! Ich glaub, mein Zebra popelt!«

»Äh ... was?«

»Dein Hals!«

Lilli fuhr sich mit der Hand an die Kehle. »Der muss so sein.«

»Aber ... er ist weg!«, rief Lula entsetzt.

»Mein Hals ist nicht weg!« Lilli reckte das Kinn vor, damit man ihn besser sehen konnte.

»Futsch!«, kommentierte eines der Erdmännchen jedoch nur.

Lula war nun ganz aufgeregt. »Wir müssen ihn suchen. Sofort!« Schon begann sie, den Boden abzuschnüffeln.

»Du willst meinen Hals suchen?«, fragte Lilli verdattert.

Jesahja fing lauthals an zu lachen, doch Frau von Schmidt schien dies für eine sehr gute Idee zu halten. »O ja, wir finden einen neuen Hals für Sie, Madame! Genauso einen, wie die Klimper-Wimper-Dame einen hat. Der würde an Ihnen ungeheuer imposant aussehen! Ui, ui, ui, geradezu majestätisch wäre das!« Sie begann ebenfalls, alles abzusuchen.

Bonsai verstand Frau von Schmidt zwar nicht, fand es wohl aber schön, dass sie herumschnüffelte. Er trappelte zu ihr. »Mensch, Schmidti, du Haudegen! Du hast immer die besten Ideen!«, wuffte er. »Wer zuerst was Cooles erschnuppert hat!«

Während der Hund, die Katze und Lula nun mit den Nasen am Boden klebten, fraßen die anderen Giraffen seelenruhig weiter.

Lilli machte dem schnüffeligen Treiben ein Ende. »Ich hab doch schon einen super Hals!«, rief sie.

Die ganze Geschichte findest du im zwölften Band:

Tanya Stewner
›Liliane Susewind – Giraffen übersieht man nicht‹
Mit Bildern von Eva Schöffmann-Davidov

ISBN 978-3-7373-4002-1

Deine Wunschliste bitte hier ausschneiden.

Noch mehr Bücher von Tanya Stewner

Habe ich		Wünsche ich mir
	›Liliane Susewind – Mit Elefanten spricht man nicht!‹ (Band 1)	
	›Liliane Susewind – Tiger küssen keine Löwen‹ (Band 2)	
	›Liliane Susewind – Delphine in Seenot‹ (Band 3)	
	›Liliane Susewind – Schimpansen macht man nicht zum Affen‹ (Band 4)	
	›Liliane Susewind – So springt man nicht mit Pferden um‹ (Band 5)	
	›Liliane Susewind – Ein Panda ist kein Känguru‹ (Band 6)	
	›Liliane Susewind – Rückt dem Wolf nicht auf den Pelz!‹ (Band 7)	
	›Liliane Susewind – Ein kleines Reh allein im Schnee‹ (Band 8)	
	›Liliane Susewind – Ein Pinguin will hoch hinaus‹ (Band 9)	
	›Liliane Susewind – Eine Eule steckt den Kopf nicht in den Sand‹ (Band 10)	

Das gesamte Programm gibt es unter www.fischerverlage.de

Habe ich		Wünsche ich mir
	›Liliane Susewind – Ein Eisbär kriegt keine kalten Füße‹ (Band 11)	
	›Liliane Susewind – Giraffen übersieht man nicht‹ (Band 12)	
	›Liliane Susewind – Ein Seehund taucht ab‹ (Band 13)	
	›Liliane Susewind – Mit Freunden ist man nie allein‹ (Sonderband mit bunten Bildern)	
	›Liliane Susewind – Ein tierisches Abenteuer. Das Buch zum Film‹ (Mit exklusiven Filmfotos)	
	›Liliane Susewind – Alle meine Freunde‹ (Hier können sich alle deine Freunde eintragen!)	
	›Liliane Susewind – Mein geheimes Tagebuch‹ (Hier kannst du all deine Erlebnisse eintragen)	
	›Hummelbi – Wie weckt man eine Elfe?‹ (Band 1)	
	›Hummelbi – Eine Fee ist keine Elfe‹ (Band 2)	
	›Hummelbi – Das Einhorn im Elfenwald‹ (Band 3)	

Das gesamte Programm gibt es unter
www.fischerverlage.de

Deine Wunschliste bitte hier ausschneiden.